rororo

Über den Autor

Léo Malet, geboren am 7. März 1909 in Montpellier, wurde zunächst Bankangestellter, ging in jungen Jahren nach Paris, schlug sich dort als Chansonnier und „Vagabund" durch und begann zu schreiben. Zu seinen Förderern gehörte Paul Éluard. Der Zyklus seiner Kriminalromane um den Privatdetektiv Nestor Burma – jede Folge spielt in einem anderen Arrondissement – wurde bald zur Legende. Für René Magritte hatte Malet den Surrealismus in den Kriminalroman hinübergerettet. 1948 erhielt Malet den „Grand Prix du Club des Détectives", 1958 den „Großen Preis des schwarzen Humors". Mehrere seiner Kriminalromane wurden verfilmt; unter anderen spielte Michel Serrault den Detektiv Burma. Léo Malet starb am 3. März 1996 in Paris. In der Reihe der rororo Taschenbücher erschienen zuletzt „Tödliche Pralinen" (Nr. 12968), „Das fünfte Verfahren" (Nr. 12969), „Applaus für eine Leiche" (Nr. 13145), „Ein Toter hat kein Konto" (Nr. 13146) und „Bei Rotlicht Mord" (Nr. 13591).

Eine Liste aller lieferbaren Titel des Autors befindet sich im Anhang dieses Buches.

Léo Malet

Im Schatten von Montmartre

Krimi aus Paris
Nestor Burma ermittelt

Aus dem Französischen
von Hans-Joachim Hartstein

Rowohlt Taschenbuch Verlag

Veröffentlicht im
Rowohlt Taschenbuch Verlag GmbH,
Reinbek bei Hamburg, Dezember 1998

Die Originalausgabe erschien unter dem Titel
„Drôle d'épreuve pour Nestor Burma“

Lektorat Anima Kröger
Umschlaggestaltung Walter Hellmann
(Illustration Roland Reznicek)
Gesamtherstellung Clausen & Bosse, Leck
Printed in Germany
ISBN 3 499 13590 6

Um eine Welt zu erschaffen, braucht man alles. Und um einen Roman zu schreiben, braucht man Situationen und Personen. Der Autor sucht sie dort, wo er sie finden kann, das heißt, in der Realität; aber er achtet darauf, sie zu verändern und zu maskieren, um jede Verwechslung auszuschließen.

Folglich ist es unvorstellbar, daß sich irgend jemand in der einen oder anderen mehr oder weniger verdächtigen Romanfigur wiedererkennt.

Falls doch, so ist es ein ganz außergewöhnlicher Zufall, und in diesem Fall lehnen Autor und Verleger jede Verantwortung ab.

L. M.

I

Nächtlicher Anruf

Die Stimme, die durch die Telefondrähte an mein Ohr drang, war eine Säuferstimme, alters- und geschlechtslos. Offenbar hatte der Sprecher einen handfesten Rausch.

„Hallo! Nestor Burma?“ meldete sich die unangenehme Stimme.

„Höchstpersönlich... Na ja, so ungefähr“, sagte ich.

Ich war den ganzen Tag über und einen Teil der Nacht hinter ein paar jungen Leuten hergerannt, von denen einer in Orléans wohnte. Nach dem letzten Ausflug dorthin war ich dann fix und fertig wieder bei mir zu Hause gelandet. Fix und fertig und auch ein wenig beunruhigt. Ohne die Mithilfe eines ordentlichen Schlafmittels würde ich keinen Schlaf finden, das war mir klar. Also verabreichte ich mir eine großzügige Dosis. Und als das verdammte Zeug seine volle Wirkung entfaltete, hatte das – ebenfalls verdammte – Ding geklingelt. Der Wekker auf meinem Nachttischchen zeigte zwei Uhr an.

„Suchen Sie mich immer noch?“ fragte die Stimme. „Ich bin Simone Coulon... Ich... Kommen Sie... schnell... Ich flehe Sie an... Kommen Sie schnell...“

Die Stimme war und blieb eine Säuferstimme, schmückte sich allerdings mit pathetischem Vibrieren und lud sich mit tiefem, aber unterdrücktem Schluchzen auf. Das Übliche. Besoffene fangen häufig an zu heulen. Männer wie Frauen. Schließlich haben Frauen dieselben Rechte wie Männer...

„Rue des Mariniers 10a... Oh!... Ich... Kommen Sie schnell...“

Mit diesem angsterfüllten Hilfeschrei beendete sie das Gespräch. Ich gähnte, daß ich mir beinahe die Kiefer ausrenkte, und legte den Hörer auf die Gabel, so gut ich es vermochte. Bei dem Versuch, die Nachttischlampe anzuknipsen, warf ich nacheinander Aschenbecher, Pfeife und Wecker auf den Boden. Ich kroch aus dem Bett und schwankte ins Badezimmer, um zur Stärkung ein Glas lauwarmes Wasser zu trinken.

Das alles ist nur die Schuld von Francis Blanche. Er war es nämlich, der die Telefonscherze in Mode gebracht hat. Ergebnis: „Hallo! Hier Simone Coulon. Suchen Sie mich immer noch?“ – „Ja, Mademoiselle, aber es wundert mich sehr, daß Sie es wissen. Ich will sagen: Wahrscheinlich ahnen Sie, daß man versucht, Sie zu finden. Aber Sie können nicht wissen, wer damit beauftragt ist. Nun, Ihr angsterfüllter Anruf bei Nestor Burma…“

Mir fiel es wie Schuppen von den Augen. Verflixt, es stimmte! Der Anruf hatte wirklich angsterfüllt geklungen! Alles andere als ein Bluff, trotz der lallenden Säuferstimme. Ach, Nestor! Du hast dir die richtige Nacht ausgesucht, um ein Schlafmittel zu schlucken!

Entschlossen sprang ich unter die Dusche. Ich hatte vergessen, meinen Pyjama auszuziehen.

* * *

Einige Tage zuvor hatte mich ein Herr namens Victor Coulon besucht. Gebaut wie ein Herkules vom Jahrmarkt, etwa sechzig, „mit nichts angefangen“, wie er selbst von sich behauptete. Wie ich jedoch gehört hatte, hatte er eine reiche Frau geheiratet, die Tochter eines Mannes, dem er während der Besatzung oder nach der Befreiung – also zu einer der bewegten Zeiten, in denen enge Bande zwischen Leuten aus den unterschiedlichsten Gesellschaftsschichten geknüpft werden – aus irgendeiner Patsche herausgeholfen hatte. Jetzt war Monsieur Coulon Chef einer blühenden Speditionsfirma. Es war das erste Mal, daß ich ihn in meinem Büro begrüßen durfte. Dennoch waren wir uns nicht fremd. Versichert war sein Unternehmen bei der Internationalen Versicherungsgesellschaft, die mich von Zeit zu Zeit mit kleineren Aufträgen versorgte. Vor ein paar Monaten hatte ich in einem Streitfall, der auch Coulon betraf, ermitteln müssen. Dieser Coulon – ein prima Kerl, ganz bestimmt, aber ein wenig grobschlächtig – war zur Zeit verwitwet, und seine Tochter Simone war sein ein und alles. Leider war sie, wie er sich ausdrückte, „eine dumme Gans".

„Eine dumme Gans, aber ich liebe sie", knurrte er.

Dabei sah er so aus, als würde er sich auf mich stürzen, falls ich ihm widerspräche.

„Wo ich sie davon abhalten kann, Dummheiten zu machen, werd ich's tun", fuhr er fort. „Sie ist übrigens noch nicht volljährig. Es fehlen zwei Jahre. Sie will unbedingt zum Film. Meint, sie wär begabt... Sagen Sie mir, was hat das für einen Sinn? Man weiß doch, wie so was endet... Ganz zu schweigen davon, wie so was anfängt..."

Allzeit bereit, gegen Vorurteile anzukämpfen, wandte ich ein, daß es ja dennoch auch Leute gebe, die aufgrund ihres Talents Erfolg hätten.

„Genau da liegt der Hase im Pfeffer!" rief Coulon. „Solche außergewöhnlichen Erfolge stellen für leichtsinnige Mädchen wie meine Tochter eine große Gefahr dar. Sie sagen sich: ‚Warum nicht auch ich?' Und los geht's! Kennen Sie Rita Cargelo?"

„Den italienischen Filmstar?" Er nickte lebhaft. „Nun, ich kenne sie, so wie alle Welt sie kennt. Hab sie in zwei oder drei Filmen gesehen."

Offen gesagt, ich hatte sie nur einmal gesehn, und das hatte mir gereicht. Man bezeichnete sie als die große Konkurrentin von Sophia Loren. Zu Unrecht, wie ich meinte. Mein Typ war sie jedenfalls nicht, trotz ihres unleugbaren Schauspieltalents. Meine transalpine Begeisterung konzentriert sich auf Sophia Loren, Gina Lollobrigida und Claudia Cardinale. Sie geizen nicht mit ihren Reizen, was meinen müden Augen stets guttut. Rita Cargelo dagegen... Wo andere Filmsternchen am liebsten drei Brüste hätten, um möglichst viel zur Schau zu stellen, setzte sie auf die Kontrastkarte. Ein Dekolleté besaß sie praktisch nicht, ihre Beine verschwanden unter fast bodenlangen Kleidern, und wenn das Drehbuch unbedingt so etwas wie ein Handgemenge verlangte, so konnte man eventuell etwas Haut blitzen sehen. Aber wirklich nur blitzen, mehr nicht! Und die sensationshungrige Menge strömte wie eine Schafherde ins Kino, in der Hoffnung, eben dieses Blitzen zu erhaschen. Ein raffinierter Geizhals, diese Rita Cargelo!

Doch kommen wir wieder auf Victor Coulon zurück:

„Das ist eine nette Frau!“ rief er. „Auch wenn sie der Erfolg verwöhnt hat und sie sich vielleicht nicht immer korrekt verhält, ohne es zu wollen... Jedenfalls hat sie alles versucht, um Simone die Illusion auszureden. Aber meine Tochter ist störrisch wie ein Esel. Sie will nichts davon hören und bedrängt Rita, daß es nicht mehr feierlich ist. Rita soll sie den Produzenten empfehlen. Bis in die Studios ist sie ihr hinterhergelaufen... Wissen Sie, daß Rita begonnen hat, in Paris einen Film zu drehen, und daß noch weitere folgen sollen? Bisher hat sie noch nie in Frankreich gearbeitet. Warum, weiß ich nicht. Sie hat in Rom gedreht, in London, in Hollywood, aber noch nie hier bei uns. Wahrscheinlich ist das 'ne Geldfrage. Na ja, jetzt tut sie's! Schließlich kann sie ihrem eigenen Land nicht auf ewige Zeiten die kalte Schulter zeigen, oder? Ich freue mich für Rita. Für sie und für alle anderen. Aber meiner Tochter tut das gar nicht gut.“

Er sprach von der Schauspielerin wie von einer alten Bekannten. Zählte er etwa zu ihren Freunden?

„Zählen Sie zu den Freunden von Rita Cargelo?“ fragte ich ihn.

„Das könnte man so sagen, ja.“

Seine Brust schwoll vor Stolz an. Er wollte zwar nicht, daß seine Tochter zum Film ging, war aber mächtig stolz darauf, einen Leinwandstar näher zu kennen. So ist das nun mal!

„Wir haben ein paar *Weekends* miteinander verbracht“, erklärte er. „Genauer gesagt, ich bin ein Freund ihres zukünftigen Mannes, Louis Rigaud, des Schiffsreeders. Sie haben doch sicher schon davon gehört, oder?“

„Von der bevorstehenden Hochzeit? Allerdings! Die Jahrhunderthochzeit des Jahres...“

„Und von Rigaud?“

»Von dem auch, gezwungenermaßen. Der Bräutigam des Jahres... oder des Jahrhunderts, was weiß ich. Er ist Reeder, sagten Sie?“

Ich fragte das, um etwas zu sagen. Da wir nun schon mal ein künstlerisch-mondänes Gespräch begonnen hatten, konnten wir es auch fortsetzen. Ich hatte schon alle Hoffnungen aufgegeben, daß der dicke Coulon mich über Anlaß und Ziel seines Besuches aufklären würde.

„Ja, ja“, erwiderte er stolz. „Ein riesiges Unternehmen! Mehrere Schiffe in jedem Hafen, wie man so sagt. Wir arbeiten seit langem zusammen. Das heißt, ich habe vor allem mit seinem Vater zusammengearbeitet. Jetzt, wo der tot ist, mache ich mit dem Sohn weiter, den ich übrigens schon von Kindesbeinen an kenne. Na ja, kurz und gut, er hat uns seine Zukünftige vorgestellt, und seitdem ist Simone völlig aus dem Häuschen. Hat sie doch immer schon vom Film geträumt! Für sie ist es wie ein Himmelsgeschenk. Und jetzt... Jetzt hat sie mich verlassen...“

Er reichte mir einen Brief. Ich las:

Lieber Papa,

ich weiß, daß ich Dir damit Kummer bereiten werde, aber ich muß mein eigenes Leben leben. Ich will nämlich ein internationaler Star werden.

Ich küsse und umarme Dich

Simone.

„Haben Sie jemals etwas Blödsinnigeres gelesen?“ fragte mich der dicke Mann, um dann, ohne meine Antwort (ein entschiedenes „Ja“) abzuwarten, fortzufahren: „Der Brief ist in Cannes aufgegeben worden, wo im Moment gerade das Filmfestival stattfindet. Simone ist dorthin gefahren, um ihr Glück zu versuchen. Auf die Gefahr hin, zu Fuß wieder zurückkommen zu müssen. Ihren Wagen hat sie nämlich zu Hause gelassen. Sie werden schnellstens an die Côte fahren, sich meine Tochter schnappen und sie zu mir zurückbringen. Wenn sie nicht alleine ist, wenn sie von irgend so einem Lackaffen begleitet wird, dann hauen Sie dem Affen was in die Fresse und setzen Sie das auf die Gesamtrechnung. Früher hätte ich so was eigenhändig erledigt, aber angesichts meiner heutigen Stellung kann ich mir das nicht mehr erlauben."

„O.k. Wissen die Flics Bescheid?"

„Nein. Simone ist einfach nur ausgerissen. Es geht nicht um Kidnapping oder so was Ähnliches. Deswegen mache ich mir auch keine allzu großen Sorgen. Es gefällt mir nur nicht, das ist alles. Warum also die Polizei einschalten? Ich glaube, Sie haben das Format, die Sache alleine zu bereinigen."

„Und Mademoiselle Cargelo? Ich vermute, sie hält sich in Cannes auf. Wird Ihre Tochter nicht zu ihr gegangen sein?"

„Rita ist in Cannes, ja. Ich habe sie angerufen und ihr gesagt, daß..." Er wurde rot und hüstelte verlegen. „Äh... Ich wollte mich nicht lächerlich machen... Ich habe ihr lediglich gesagt, daß Simone sie vielleicht besuchen würde. Wenn Simone tatsächlich bei ihr wäre, hätte Rita mich doch wohl benachrichtigt, oder?"

Dann gab mir Vater Coulon ein Foto seiner Tochter und Alleinerbin, dazu noch ein paar Informationen, und ich fuhr gen Süden.

In Cannes herrschte das übliche Festivalgedränge. Dennoch gewährte mir Rita Cargelo bereitwillig eine kurze Audienz unter vier Augen. Die brünette Frau war nicht nur schön, sondern auch äußerst liebenswürdig... wenn sie nicht gerade mit ihren Gedanken ganz woanders war, was zwei- oder dreimal während unseres Gesprächs passierte. Ich nutzte die Gunst der Minuten und warf einen Blick auf ihre gut gefüllte Bluse. Wirklich eine Schande, diese Schätze zu verbergen und den Kinogängern vorzuenthalten! Davon abgesehen, war der Umgang mit ihr – ich wiederhole es – sehr angenehm. Sie sprach ein korrektes Französisch mit einem seltsamen Italo-Yankee-Akzent, wohl eine Folge ihrer Aufenthalte in vielsprachigen Filmstudios. Ich verheimlichte ihr nichts von Simones Ausreißversuch, der sie traurig zu stimmen schien. Leider konnte sie mir jedoch nicht weiterhelfen.

Ich blieb zwei Stunden an der Côte und jagte – vergeblich! – irgendwelchen Informationen hinterher. Zurück in Paris, stattete ich zahlreichen Freunden und Freundinnen des jungen Mädchens ermüdende Besuche ab. Alles für die Katz. Der letzte Name auf meiner Liste hatte mich nach Orléans geführt, ohne daß ich von dem Jungen mehr als von den anderen erfahren hätte. Und dann, fast sofort, nachdem ich wieder zu Hause eingetrudelt war, hatte mich, Schlag zwei Uhr an diesem frühen Dienstagmorgen, das Telefon aus meinem todesähnlichen Schlaf gerissen.

* * *

Ich verließ die Dusche, befreite mich von meinem klatschnassen Pyjama und schnappte mir das Telefonbuch, das nach Straßen geordnet ist. Wie lautete die Adresse, die sie mir genannt hatte? Rue des Mariniers... Da! 10a: Prunier, Emile, Kameramann. Kameramann? Aber natürlich! Dort mußte Simone sich aufhalten. Wo sonst sollte sie stecken, wenn nicht bei einem Kameramann? BRUne 24–58. Ich wählte die angegebene Nummer. Dieser Prunier bewegte sich nicht vom Fleck. Es klingelte in seiner Wohnung, was das Zeug hielt, doch niemand hob ab. Auch gut! Es wäre sowieso das Beste, ich würde persönlich nach dem Rechten sehen. Ich schluckte drei Wachmacher, um die noch andauernde Wirkung des Schlafmittels zu bekämpfen, und machte mich auf den Weg.

* * *

Die Rue des Mariniers ist eine ruhige Straße in der Nähe der Porte de Vanves. Sie macht den Eindruck, als verstecke sie sich hinter dem Boulevard Brune. Um 2 Uhr 30 lag hier alles in tiefstem Schlaf. Die Nummer 10a unterschied sich von ihren Nachbarhäuschen vor allem durch die obere Etage. Wie ein Maleratelier bestand sie aus einem riesigen Fenster. Vor dem Haus stand ein Auto, eine *Floride.*

Ich parkte ein paar Meter weiter und ging zu Fuß zurück. In der *Floride* saß niemand. Ich musterte das Häuschen, von dem mich ein Gärtchen, Modell „Wildwuchs", und eine halbhohe Mauer mit einem Gitterzaun trennten. Die geschlossenen Fensterläden der Hochparterre ließen schwaches Licht nach außen dringen. Kein Laut war zu hören.

Die Tür zwischen den beiden verfallenen Mauersäulen war nur angelehnt. Ich stieß sie auf. Eine Katze, die unter einem Fliederstrauch wohl auf ein Liebesabenteuer wartete, nahm bei meinem Anblick Reißaus, wobei sie irgendeinen alten Eimer umwarf, der gar nicht wieder zu scheppern aufhörte. Fast im selben Augenblick startete ein Auto weiter unten auf der Straße oder in einer Nebenstraße.

Ich bewegte mich nicht. Die Stille kehrte zurück, und ich durchquerte den Garten. Die Haustür war ebenfalls nur angelehnt.

Das erste Zimmer, das von dem winzigen Korridor ausging, war ein sogenannter *living-room,* was ich an den Möbeln erkennen konnte. Eine Lampe mit rosa Schirm schüttete ihr Licht über den Juteteppich mit orientalischem Muster aus.

Ein *living-room* ist ein Raum, in dem man lebt. Hier allerdings lag ein Toter.

2

Probeaufnahme

Bekleidet mit einem hübschen, zartblauen Pyjama, auf den in Höhe des Herzens ein Monogramm gestickt war, am rechten Fuß einen roten Lederpantoffel – der andere war in die Ecke geflogen –, lag Prunier Emile, Kameramann – denn nur um ihn konnte es sich handeln – neben einem umgekippten Stuhl auf dem Rücken, mitten im Zimmer. Er war wirklich nicht schön anzusehen. Zwei Kugeln mitten ins Gesicht zu kriegen, das entstellt entsetzlich die Züge. Ganz abgesehen von dem Blut, das immer alles versaut. Ich faßte seinen nackten Fuß an. Er war noch warm.

Ich ging zur Haustür zurück und verriegelte sie, um nicht gestört zu werden. Sicher, das Ganze hier stank nach einer faulen Angelegenheit, und ich hatte nicht übel Lust, mich aus dem Staub zu machen. Doch ich mußte unbedingt etwas Licht in diese dunkle Geschichte bringen. Auf dem Weg zurück ins Totenzimmer entdeckte ich das Telefon. Es stand in einer Nische unter der Treppe, die nach oben führte. Das alphabetische Telefonbuch, Band 1, lag auf dem Boden. Sah aus, als hätte es jemand nicht für nötig gehalten, es nach Gebrauch wieder zurück an seinen Platz zu legen. In diesem Telefonbuch stand auch mein Name. Das ließ darauf schließen, daß Simone mich von hier aus angerufen hatte.

Unter der Treppe befand sich eine Tür. Ich öffnete sie und betrat ein dunkles, nach Parfüm duftendes Zimmer. Ich tastete nach dem Lichtschalter, fand ihn und machte Licht. Eine Deckenlampe leuchtete auf... Kalter Schweiß lief mir den Rücken hinunter. Ich konnte seinen faden Geruch beinahe riechen.

Simone Coulon lag auf einem zerwühlten Bett, fast nackt, nur mit einem verrutschten Negligé bekleidet. Ihr blutleeres

Gesicht hob sich von der rötlichen Masse ihres aufgelösten Haares ab. Auch sie schien reif für das Leichenschauhaus zu sein. Die leblos herunterhängende Hand hielt einen Revolver, dessen Lauf den Bettvorleger berührte.

Ich beugte mich über sie und stellte erleichtert fest, daß sie nur betäubt war, vollgepumpt mit irgendeiner Droge. Auf dem Nachttischchen, neben einem von Zigarettenkippen überquellenden Aschenbecher, lag eine Spritze. Die weitaufgerissenen Augen des Mädchens starrten mich leblos an. Ein dünner Speichelfaden lief aus ihrem hochgezogenen Mundwinkel. Ihre Nase ragte spitz aus ihrem Gesicht hervor.

Nicht ohne Mühe entwand ich ihren Fingern die Waffe, einen 22er Revolver mit langem Lauf, der frei im Handel erhältlich und wahrscheinlich gegen Prunier gerichtet worden war. Ich hätte ihn einstecken können, doch da er wohl kaum dem jungen Mädchen gehörte, hielt ich es für besser, meine Situation nicht dadurch zu verschlimmern, daß ich die Tatwaffe verschwinden ließ. Ich begnügte mich damit, sie sorgfältig abzuwischen, und warf sie in den *living-room,* neben die Leiche. Dann ging ich zum Telefon und rief Simones Vater an. Victor Coulon schlief noch halb, doch als er meinen Namen hörte, war er sofort hellwach.

„Ich habe Ihre Tochter gefunden", sagte ich. „Sie ist bei einem Mann namens Prunier untergekrochen, einem charmanten Kameramann. Kann sich nicht mehr auf den Beinen halten, Ihre Tochter. Vermutlich Rauschgift. Sie braucht einen Arzt. Wenn Sie einen kennen, der sich überreden läßt, sein Bett zu verlassen und zu Ihnen nach Hause zu kommen, rufen Sie ihn an! Ideal wäre ein Freund von Ihnen, ein Arzt Ihres Vertrauens, diskret und so. Wäre das möglich?"

„Ja, aber..."

„Später. Lassen Sie Ihr Personal aus dem Spiel. Ich bringe Ihnen sofort Ihre Tochter. Rufen Sie einen Arzt an und erwarten Sie mich vor Ihrer Haustür."

„Ja, ja... Großer Gott! Sie hat Rauschgift genommen, sagten Sie? Wahrscheinlich hat dieses Schwein vom Film es ihr gegeben…"

„Wahrscheinlich."

„Verdammt! Und warum?"

„Sagen wir… um besser mit ihr schlafen zu können, um sie gefügiger zu machen… Ihre Tochter hat vielleicht so getan, als ob, und als es dann ernst wurde, hat sie… äh… den Schwanz eingezogen, wenn ich das mal so sagen darf. So was hat man häufiger."

„Großer Gott! Ich hoffe, Sie haben sich an unsere Vereinbarung erinnert, Burma!? Haben Sie ihm ordentlich die Fresse poliert?"

„Er hat keine mehr."

„Bravo!… Aber… Sagen Sie, Sie haben ihn doch nicht gleich umgebracht?"

„Nein, das hatte schon jemand anders erledigt."

„Das hat…"

Dem dicken Coulon blieb die Spucke weg.

„Abgeknallt", erläuterte ich. „Apropos, besitzt Ihre Tochter einen 22er Revolver mit langem Lauf, den sie eventuell auf ihre Reise nach Cannes mitgenommen hat?"

„Aber nein, um Gottes willen! Völlig ausgeschlossen! Was hätte sie mit einem 22er anfangen sollen?… Oh, verdammt… Sie wollen doch nicht sagen, daß… daß… Si… Simone…"

„Nein, nein, beruhigen Sie sich! Aber Sie sehen, daß dies hier keine Lappalie ist. Also, befolgen Sie meine Anweisungen."

Damit war das Gespräch beendet. Ich wischte den Hörer ab und legte ihn auf die Gabel. Jetzt mußte ich das immer noch weggetretene Mädchen anziehen und nach Hause bringen. Doch vorher wollte ich mich noch ein wenig in dem Häuschen umsehen. Hätte der Himmel mir die Flics schicken wollen – wie ich es bei meiner Ankunft hier befürchtet hatte –, dann wäre das inzwischen schon längst geschehen. Jetzt kam es auf fünf Minuten auch nicht mehr an…

Simones Klamotten lagen unordentlich auf einem Stuhl.

Auf einem anderen Stuhl lagen Männerkleider. Sie gehörten Prunier, was mir die Papiere in der Brieftasche verrieten. Der Tote war etwa vierzig Jahre alt gewesen und Besitzer der *Floride*, die draußen vor der Tür stand. Ich schob die Brieftasche wieder an ihren Platz zurück. Mit einem Taschentuch in der Hand – um keine Fingerabdrücke auf Klinken und Lichtschaltern zu hinterlassen – unternahm ich einen Rundgang durchs Haus.

Außer dem *living-room* mit dem Toten bot das Erdgeschoß nichts Bemerkenswertes. Der Wandschrank in der Küche enthielt eine merkwürdige Sammlung von Konservendosen. Wenn nicht zwei Kugeln seinem Leben ein Ende gesetzt hätten, wäre Prunier eines schönen Tages an Skorbut gestorben…

Ich ging die Treppe hinauf. Das Atelier mit dem breiten Fenster war mit allen möglichen Apparaten zur Ausübung der Fotokunst ausgerüstet. Ein „Kunstwerk“ mit einem Waldmotiv stand hinten an der Wand auf einer kleinen Bühne. Neben diesem Posier-Podest führte eine Tür in ein angrenzendes Zimmer, das in eine Art Vorführraum verwandelt worden war, mit einer Leinwand und einem Projektionsgerät, das auf einer Kommode stand, zusammen mit drei Metallkästen, die 16mm-Filme enthielten. Auf einem der Kästen stand: *Simone.* Ich nahm die Rolle heraus, legte den Film ein und setzte den Mechanismus des Projektionsgeräts in Gang. Auf der Leinwand erschien Simone Coulon in Großaufnahme und in der Halbnahen. Sie versuchte, ihrem Gesicht eine ganze Skala von schwer zu bestimmenden Ausdrücken zu verleihen. Das Ergebnis war eher dürftig. Der Film lief weiter. Simone ging vor dem Waldmotiv auf und ab, tat so, als pflücke sie eine Blume, als lausche sie Vogelgezwitscher und lauter solchen Quatsch. Keine „Außenaufnahme“, und dazu die Konservendosen unten in der Küche: Auch wenn das Mädchen nicht eingesperrt gewesen war, so hatte sie sich seit ihrer Ankunft in dieser Behausung wohl praktisch nicht von hier fortbewegt. Ich stoppte die Vorführung. Die Keuschheit der

Bilder erstaunte mich ein wenig. Irgendwie hatte ich etwas anderes erwartet. Ich legte die Filmrolle zurück in den Kasten und setzte meinen Rundgang fort. Schließlich stand ich im Laboratorium. Die Abzüge und die Negative, die an einer Leine hingen, waren schon seit langem trocken. Auch diese Fotos meiner Klientin zeigten nichts Unzüchtiges, auch wenn die Kleine auf Teufel komm raus Grimassen schnitt. Ich stopfte Fotos und Negative in einen leeren Briefumschlag, der auf einem Hocker herumlag, steckte ihn ein, nahm auch die Filmrolle an mich und ging wieder zurück zu meiner Miss Hollywood.

Ich setzte das Sorgenkind auf die Bettkante. Entgegen meiner Befürchtung blieb sie dort steif und starr sitzen. Ihre Augen waren immer noch blicklos auf einen nebulösen Punkt in der Ferne gerichtet. Ich zog ihr die Kleider über das Negligé, wobei sie ein paar schwache Seufzer ausstieß. Das waren die ersten Anzeichen dafür, daß sie so langsam wieder zu sich kam. Rock, Bluse, Schuhe. Fertig! Das genügte. Den Rest ihrer Kleidung stopfte ich in einen der Kopfkissenbezüge. Eine verdammte Scheißarbeit. Ich wischte mir den Schweiß von der Stirn. Mir war ganz heiß geworden. Apropos heiß: Simone trug nicht gerade viel am Leib. Ein Kleidungsstück mehr würde ihr bestimmt nicht schaden. Mainächte können sehr frisch sein. Ich nahm einen Dufflecoat aus dem Schrank. Glück gehabt, Nestor! Eine gute Idee, den Schrank zu öffnen. In ihm stand eine Reisetasche mit Namen und Adresse der Besitzerin auf einem Schildchen: *Simone Coulon, Rue Ribera.* Ich nahm die Tasche heraus. Dann lehnte ich die Filmbesessene an einen Bettpfosten. Beladen mit Kleidersack, Filmmaterial und Reisetasche, ging ich hinaus, um meinen Wagen zu holen.

Die Rue des Mariniers schlief noch immer tief, friedlich und fest. Das konnte man von der kleinen Coulon nicht behaupten. Als ich zurückkam, stand sie schwankend im Zimmer und blickte verwirrt um sich. Um einem Schreckensschrei aus ihrer Kehle zuvorzukommen, stürzte ich mich auf sie und hielt ihr den Mund zu. Widerstandslos sank sie in meine Arme.

„Was... was...“ stammelte sie.

„Ich bin ein Freund“, sagte ich mit meiner sanftesten, beruhigendsten Stimme. „Ein guter Freund Ihres Herrn Papa. In die Heia, wir gehen jetzt brav ins Heiabettchen. Zu Papa Victor...“

Ich kam mir wirklich vor wie ein Blödmann, redete aber weiterhin mit ihr wie mit einem Baby. Sie gab ein paar unartikulierte Laute von sich und kippte dann wieder aus den Latschen, den Kopf gegen meine Brust gelehnt. Ich lud sie mir auf die Schultern und brachte sie zum Wagen, wo ich versuchte, sie so bequem wie möglich auf die Hinterbank zu legen. Ihren Kopf bettete ich auf den prall gefüllten Kissenbezug. Dann kehrte ich noch einmal in das Totenhaus zurück, um die letzten Spuren zu verwischen, und verließ endlich den Ort des tragischen Geschehens und die Rue des Mariniers.

Kaum war ich in den verlassenen Boulevard Brune eingebogen und hatte Kurs auf die Porte de Vanves genommen, als aus der Tiefe der Rue Didot die charakteristische Sirene eines Polizeiwagens erklang. Vielleicht war das Geräusch ja auch nur die Ausgeburt meiner Phantasie, hervorgerufen durch Müdigkeit und überreizte Nerven. Doch nein, es war keine Einbildung. Allerdings wurde wohl ganz einfach ein Kranker ins Hospital Broussais transportiert. Es hätte aber auch etwas anderes sein können... Ich lauschte in die Nacht hinein. Nichts mehr. Ohne einen bestimmten Grund lachte ich laut auf.

3

Ein Auftrag jagt den nächsten

Wie abgemacht, erwartete mich mein Klient vor seiner Haustür. Doch er war alleine. Bevor ich den Mund aufmachen konnte, fing er an, mich anzuschnauzen. Er war furchtbar aufgeregt. Warum ich so lange gebraucht hätte? Ich und dieser verdammte Arzt, der auch noch nicht aufgetaucht sei, wir gäben ein schönes Paar ab! Der Schmerz machte ihn blind, wie man so schön sagt. Wortlos übergab ich ihm meine Fracht, die sich wieder zu bewegen begann. Abwechselnd jammernd und fluchend transportierte der Transportunternehmer seine Tochter ins Haus.

Kaum hatten wir Simone in ihr Zimmer gebracht, als zaghaft an der Haustür geläutet wurde. Coulon knurrte, das sei ja wohl endlich der verdammte Arzt, und ging öffnen. Es war tatsächlich der verdammte Arzt, ein schlanker, ziemlich großer Herr, elegant und vornehm in einem hellen Trenchcoat. Sein ovales, glattrasiertes Gesicht – wahrscheinlich hatte er Toilette gemacht, bevor er hierhergekommen war; so ein Typ war das – lieferte absolut keinen Anhaltspunkt in bezug auf sein Alter. Er gehörte zu den glücklichen Zeitgenossen, die nicht wissen, was Falten im Gesicht sind. Den ersten Frühling mußte er aber wohl schon hinter sich haben. Das bemerkte ich, als er seinen Hut abnahm. Er trug eins dieser Haarteile, die allgemein als „Fifi“ bekannt sind. Auf seiner aristokratischen Nase thronte eine Goldrandbrille, hinter der sich farblose Augen versteckten. In der Hand – einer schlanken, beinahe femininen Hand mit langen Chirurgenfingern – hielt er einen abgeschabten, recht mitgenommenen Arztkoffer.

In Anbetracht der üblen Schimpfworte, mit denen Coulon ihn vorhin bedacht hatte, erwartete ich, daß er wegen der Verspätung ebenfalls eine dicke Zigarre verpaßt kriegen würde.

Doch dem war nicht so. Anschnauzereien sind für schäbige Privatschnüffler reserviert, nicht für Medizinmänner. Mein lieber Paul hier, mein lieber Paul dort, so ging das die ganze Zeit. „Entschuldigen Sie, daß ich Sie belästigt habe, ich weiß, Sie haben seit gestern Ihre eigenen Sorgen, außerdem sind Sie ja eigentlich Psychiater, aber ich wollte mich in einer so ernsten Situation nicht an jemand anders wenden, schließlich gehören Sie fast zur Familie, wenn ich daran denke, wie Sie meiner armen Eliane beigestanden haben und..."

„Aber ich bitte Sie, Victor", unterbrach ihn der Wunderdoktor.

Über seine schmalen Lippen huschte ein charmantes Lächeln, sehr sympathisch, sehr beruhigend, ein Lächeln, das er wohl aufsetzte, wenn er – als Psychiater – mit seinen Kranken sprach. Aber, zum Teufel nochmal! Was für ein Blödmann, dieser Coulon! Wir brauchten keinen Psychiater – jedenfalls nicht im Augenblick –, sondern einen ganz gewöhnlichen, sozusagen normalen Arzt. Doch auch als Irrenarzt mußte Paul einen blassen Schimmer von Allgemeinmedizin haben. Und außerdem war das nicht mein Bier.

„Aber ich bitte Sie", widerholte der Arzt. „Sie belästigen mich ganz und gar nicht, mein Lieber. Im Gegenteil, ich muß mich bei Ihnen entschuldigen, weil ich Sie so lange hab warten lassen..."

Er schwenkte sein Köfferchen.

„Ich mußte noch einige Instrumente zusammensuchen, die ich schon lange nicht mehr benutzt habe... Also, was ist passiert?"

Da er mich die ganze Zeit über neugierig gemustert hatte, sah sich unser Gastgeber veranlaßt, uns einander kurz vorzustellen:

„Nestor Burma, Privatdetektiv... Dr. Clarimont."

Wir gaben Pfötchen. Die Innenfläche seiner so zart wirkenden Hand erwies sich als rauh. Ich sah Dr. Clarimont (der Name kam mir irgendwie bekannt vor) an den Augen an, daß er sich fragte, was das Ganze sollte. Was hatte ein Privatflic um diese Uhrzeit hier zu suchen?

„Simone ist ausgerissen", erklärte der neureiche Spediteur.

„Und Sie haben mir nichts davon gesagt?" empörte sich der Arzt vorwurfsvoll.

„Tja... Ich habe niemandem etwas davon erzählt... Ich... Kurz gesagt, ich habe Monsieur Burma damit beauftragt, sie zu suchen. Nun, heute nacht hat er sie gefunden... unter merkwürdigen Umständen..."

„Bis an die Halskrause mit Drogen vollgepumpt", ergänzte ich.

„Das reicht, mehr brauchen Sie nicht zu sagen", erwiderte Dr. Clarimont. „Wo ist sie jetzt?"

Coulon brachte ihn in Simones Zimmer. Ich blieb alleine im Salon zurück und ließ unsicher meinen Blick schweifen. Auf dem Flügel thronte zwischen zwei Blumenvasen das Foto einer Frau, die einen Vorgeschmack darauf gab, wie Simone im reifen Alter einmal aussehen würde. Ihre Mutter, ohne Zweifel. Die Ähnlichkeit war frappierend. Unten auf dem Rahmen stand *Eliane*. Das war also die „arme Eliane", von der Coulon soeben gesprochen hatte, jene Eliane, der Clarimont so aufopferungsvoll und fachmännisch beigestanden hatte. Clarimont, der Psychiater... Hm! Ich setzte mich, zündete mir eine Pfeife an, um meinen Kater ein wenig zu besänftigen, und fragte mich, bei welcher Gelegenheit ich schon einmal von Dr. Clarimont gehört hatte. Plötzlich fiel es mir wieder ein: Im *Crépuscule* vom Montag, in der Mittags- und Abendausgabe! Eine bedeutende Persönlichkeit, ehemaliger Psychiater mit hervorragendem Ruf und einer Villa in Sceaux, in die am Wochenende während seiner Abwesenheit eingebrochen worden war. Genauer gesagt, in der Nacht von Sonntag auf Montag. Man hatte einige seiner Jadefiguren gestohlen, deren Wert auf mehrere Millionen geschätzt wurde. Ganz nebenbei war ein Butler des Arztes bei dem Abenteuer ermordet worden. „Ich weiß, Sie haben seit gestern Ihre eigenen Sorgen", hatte Coulon zu Dr. Clarimont gesagt. Donnerwetter! Der hinzugeeilte

Arzt war nicht der erstbeste, den Coulon hatte auftreiben können. Mein Klient wollte ja mächtig hoch hinaus, wenn er sich solche Bekannte aussuchte...

Im *Crépu* hatte ich außerdem noch einen biographischen Artikel über den „typischen Pariser", wie es hieß, gelesen. Wenn ich mich recht erinnerte, war darin die Rede gewesen, daß Clarimont vor seinem vorzeitigen Ruhestand nicht nur „am Firmament des medizinischen Himmels", sondern auch noch auf allerhand anderen Gebieten geglänzt habe: Schriftsteller, Maler, Kunstsammler, Gerichtsgutachter – einer von jenen Psychiatern also, die überall Verrückte sehen, nur nicht auf der Anklagebank –, stellvertretender Direktor des Gefängniskrankenhauses, allgewaltiger Chef einer Privatklinik, all das war er gewesen, gleichzeitig oder hintereinander. Aber auch er hatte eine berufliche Schlappe hinnehmen müssen. Einmal nämlich hatte er eine gewagte, selbstentwickelte Therapie bei seinen Geisteskranken angewandt: Er hatte mit einigen seiner Patienten Filme gedreht. Diese Kurzfilme sollten „beruhigend" und „einschläfernd" wirken. Als ob es nicht schon genug Einschläferndes in den Filmen der *Nouvelle Vague* gäbe! Wie dem auch sei, dieses Rezept aus seiner medizinisch-künstlerischen Küche hatte nichts gebracht, und alle waren so verrückt wie zuvor gewesen... Kino! Ich dachte darüber nach, daß es einem mit Situationen und Menschen genauso ergeht wie mit einem unbekannten Wort, das man für sich neu entdeckt: Danach hört und liest man es überall.

An diesem Punkt meiner Überlegungen kamen Coulon und Clarimont aus Simones Zimmer zurück.

„Sie schläft", berichtete der Arzt. „Es ist nichts Ernstes. Sie hat tatsächlich Rauschgift genommen..." Um welche Droge es sich handelte, verriet er mir nicht. Unwichtig. Ich würde ihn danach fragen, falls es nötig werden sollte. „Im Moment befindet sie sich in der zweiten Phase. Es sind aber keine ernsthaften Auswirkungen zu befürchten. Bei guter Pflege... Wir müssen abwarten."

Inzwischen hatte Coulon, der sich wieder unter Kontrolle

hatte und sich an die guten Sitten und Bräuche erinnerte, uns einen *William Lawson's* eingeschenkt. Eine ausgezeichnete Idee! Wir konnten alle eine kleine Stärkung gebrauchen. Vor allem ich. Der Arzt trank sein Glas wie ein Erwachsener in einem Zug leer. Dann sagte er:

„Simone könnte hier gepflegt werden, aber besser wäre sie in einer Klinik aufgehoben. Ich werde so bald wie möglich mit Dr. Moneglia telefonieren. Seine Polyklinik hat den besten Ruf. Ich werde veranlassen, daß Simone morgen dort aufgenommen wird. Und machen Sie sich keine Sorgen, Victor! Sie ist jung und gesund und wird sich schnell wieder erholen. Vielleicht wird sie sich später nicht einmal mehr an das Geschehene erinnern... Apropos... Was ist denn eigentlich geschehen?"

Ich sah fragend zu Coulon hinüber. Diesem Clarimont alles auf die Nase zu binden, schien mir riskant zu sein. Schließlich hatte er stets auf der Seite der Stärkeren gestanden und würde möglicherweise einige meiner Aktionen mißbilligen.

„Nur zu, Burma", ermunterte mich Coulon. „Dr. Clarimont ist ein Freund. Sie können offen vor ihm sprechen."

„Schön. Also, meine Herren, anscheinend hat sich Folgendes abgespielt", begann ich. „Von dem Wunsch besessen, zum Film zu gehen, hat sich Ihre Tochter die Märchen des Kameramannes Emile Prunier angehört. Ich brauche Sie nicht zu fragen, ob Sie den Herrn kennen; denn dann hätten Sie seinen Namen sicherlich auf die Liste der Freunde von Mademoiselle gesetzt."

„Nie gehört, den Namen", murmelte Coulon. „Und Sie, Paul?"

Ich wußte nicht recht, warum er dem Arzt diese Frage stellte. Doch dann dachte ich an die berühmte Spezialtherapie des Psychiaters. Bei seinen Filmchen hatte Clarimont tatsächlich entsprechende Fachleute benötigt...

„Ich auch nicht", erwiderte der Brillenträger mit seinem beruhigenden Lächeln, das mich so langsam nervös machte. „Hab schon lange keine Aufnahmen mehr gemacht."

Ich fuhr fort:

„Sie muß Prunier kennengelernt haben, als sie Mademoiselle Cargelo im Studio besuchte. Sie haben mir erzählt, daß sie die Schauspielerin bis in die Studios verfolgt hat, nicht wahr?... Nun, wo sie ihn kennengelernt hat, ist nicht so wichtig. Wichtig ist, daß Ihre Tochter sich von Prunier einwickeln und zu ihm nach Hause hat locken lassen. Rue des Mariniers, 14. Arrondissement. Anscheinend haben sie eine Woche lang keinen Fuß vor die Tür gesetzt und mehr oder weniger im siebten Himmel geschwebt."

„Rue des Mariniers?" wiederholte Coulon verwundert. „Und der Brief, den ich aus Cannes bekommen habe?"

„Den kann irgendein Freund des Kameramannes dort in den Briefkasten geworfen haben."

„Wenn ich den zu fassen kriege!" knurrte Coulon und ballte seine riesigen Fäuste.

„Ich habe Ihnen doch schon gesagt, daß das bereits erledigt ist! Irgend jemand hat ihm heute nacht zwei Kugeln in den Kopf gejagt. Jemand anders – oder derselbe – hat mich um zwei Uhr früh angerufen, um mich an den Tatort zu locken. Hat sich als Simone ausgegeben und war offensichtlich besoffen. Als ich in der Rue des Mariniers aufkreuze, finde ich Mademoiselle Coulon ganz in der Nähe von Pruniers Leiche, einen Revolver in der Hand."

„Paul!" wimmerte der stämmige Kerl mit Tränen in den Augen. „Paul, sagen Sie... Sie haben doch Eliane beigestanden... Kann es sein... Simone... Ich meine... In ihrem Zustand..."

„Hören Sie auf, sich zu quälen", unterbrach ich das Gestammel. „Ihre Tochter ist unschuldig... äh... Ich meine, sie ist nicht die Täterin. Alles war so arrangiert, daß dieser Eindruck entstehen konnte, aber es beweist genau das Gegenteil. Vergessen Sie nicht, daß mich jemand von dort aus angerufen hat! Eine Frau, die nicht Ihre Tochter war, auch wenn sie sich mit ihrem Namen gemeldet hat."

„Dann ist diese andere Frau bestimmt die Mörderin", stieß Coulon erleichtert hervor.

„Wenn es sich denn um eine Frau handelt. Mann oder Frau, das ändert nichts an den Tatsachen."

„Sie sind sich nicht sicher, ob es eine Frau war?" fragte der Arzt. „Aber Sie haben doch gesagt..."

„Die Stimme klang weiblich, ja. ‚Ich bin Simone Coulon usw.' Im ersten Augenblick hab ich allerdings gedacht, daß es eine Frau war. Zumal ich noch halb geschlafen habe. Aber wenn ich's mir richtig überlege... Es kann genausogut ein Mann gewesen sein."

„Trotzdem, die Stimme... der Klang..."

„Eben, die Stimme klang besoffen, schwer zu klassifizieren. Eine verstellte Säuferstimme, würde ich sagen."

„Herrgott nochmal!" polterte Coulon los. „Es ist doch wohl schnurzegal, ob es eine Frau oder ein Mann war! Wie Sie schon sagten, Burma, es ändert nichts. Wichtig ist alleine, daß Simone unschuldig ist. Der Rest..." Hopp! Er wischte ihn mit einer großzügigen Geste zur Seite. „Sollen die Flics sich damit rumschlagen... Oh! Um Himmels willen!"

Er sprang beinahe in die Luft. Ihm war soeben ein Gedanke gekommen.

„Die Flics! An die hab ich gar nicht mehr gedacht! Haben Sie sie benachrichtigt, Burma?"

„Wenn ich die Flics benachrichtigt hätte, wären weder ich noch Ihre Tochter hier bei Ihnen im Hause", antwortete ich. „Nein, ich habe sie nicht benachrichtigt. Hab erst mal das getan, was am dringendsten war."

„Und was wollen Sie als nächstes tun?" erkundigte sich der Arzt.

„Berufsgeheimnis, Doktor."

„Glückwunsch zu Ihrer Diskretion", lachte Clarimont, „aber ich kann von Berufs wegen Antworten interpretieren. Deutlicher hätten Sie mir nicht zu verstehen geben können, daß Sie die Absicht haben, Stillschweigen zu bewahren. Nun, runzeln Sie nicht die Stirn! Hat Monsieur Coulon Sie nicht ermächtigt, offen vor mir zu reden? Vielleicht überrascht es Sie bei einem ehemaligen Mitarbeiter des Gerichts, aber ich bin mit Ihnen vollkommen einer Meinung. Ich glaube, wir haben alle nur Simones Interesse im Auge, nicht wahr? Nun, im Moment ist es ganz und gar nicht in Simones Interesse, von der Polizei mit Fragen bedrängt zu werden, Monsieur Burma."

„Danke für Ihre Zustimmung, Doktor. Nein, ich habe nicht die Absicht, die Flics zu informieren. Sollen die sich alleine rumschlagen, wie es Monsieur Coulon ausdrückt. Aber ich kann nicht garantieren, daß Sie es nicht trotzdem mit ihnen zu tun bekommen. Prunier hat zahlreiche Fotos von Ihrer Tochter gemacht..."

Sein Gesicht verdüsterte sich.

„Was für Fotos?"

Auch Coulon dachte an... ja, wie soll ich sagen?... an eine spezielle Art von Fotos. Doch ich konnte ihn beruhigen:

„Die Fotos sind harmlos. Hier, urteilen Sie selbst..."

Ich reichte ihm den Umschlag, den ich aus Pruniers Haus mitgenommen hatte. Während er ihn öffnete, fuhr ich mit meinem Bericht fort. Dabei überging ich die Filmrolle, die ich absichtlich in meinem Wagen gelassen hatte, mit Stillschweigen.

„Ich habe mein Bestes getan, um alle Spuren Ihrer Tochter in der Rue des Mariniers zu verwischen. Aber möglicherweise habe ich etwas vergessen, zum Beispiel weitere Fotos. Auch können Sie sich darauf verlassen, daß sich die Flics im Bekanntenkreis des Toten umhören. Ein Freund – vielleicht der, welcher den Brief in Cannes aufgegeben hat – könnte über Simones Aufenthalt bei Prunier Bescheid wissen. Kurz und gut, bereiten Sie sich auf einen Besuch der Polizei vor. Überlassen Sie mir das weitere Vorgehen. Sagen Sie den Flics, was Sie wissen, also praktisch nichts: Ihre Tochter ist ausgerissen, Sie haben mich ihr hinterhergeschickt, ich habe sie zu Ihnen zurückgebracht. Und in der Zwischenzeit denke ich mir eine Geschichte aus, die ich den Flics servieren werde, um den Schaden so gering wie möglich zu halten. Sollte ich deswegen im Knast landen, bitte ich Sie, mir Apfelsinen zu bringen."

Vater Coulon stürzte zu mir, ergriff meine Hand und schüttelte meinen Arm so heftig, als pumpe er Benzin in den Tank eines seiner Lastwagen.

„Großer Gott, Burma! Ich hoffe, das wird nicht geschehen! Wenn Sie Scherereien bekommen, werde ich Sie nicht hängenlassen... Vielen Dank, Monsieur Burma! Sie sind ein Pfundskerl, verdammt tätig... äh, ich meine tatkräftig. Toll, einfach Klasse!"

Ich ließ ihn reden, aber es war wirklich zum Totlachen. Wenn man es genau betrachtete, war ich nicht grade eine Mischung aus Luchsauge und Alleswisser, als die mich Coulon hinstellte. In seiner Begeisterung und Erleichterung darüber, daß er seine Tochter wiederhatte, vergaß er – um so besser für mich und meine Position! –, daß ich Simone nicht eigentlich gefunden hatte. Man hatte sie mir auf einem Tablett präsentiert. Dazu war eine übermäßige intellektuelle Anstrengung meinerseits nicht nötig gewesen.

„Sie sollten ihn engagieren, Paul", wandte sich der dicke Spediteur an den Arzt. „Er wird Ihnen im Handumdrehen Ihre Jadefiguren wiederbeschaffen."

„Die Polizei kümmert sich bereits darum", erwiderte Clarimont und fügte lächelnd hinzu: „Manchmal ist man trotz allem gut beraten, sich an die Behörden zu wenden."

„Sie wissen doch, worum es geht, nicht wahr, Burma?" fragte mich Coulon.

Für ihn verstand sich das von selbst. Ich war der Mann der Stunde.

„So ungefähr", antwortete ich. „Hab's in der Zeitung gelesen."

„Sie werden seine Schätze im Handumdrehen wiederfinden, nicht wahr, und..."

„Moment!" unterbrach Clarimont ihn lachend. „Noch habe ich ihn nicht engagiert."

„Aber ich!" rief der Dicke. Offensichtlich war er ein tyrannischer Freund. „Ihre Flics werden gar nichts finden. Die finden nämlich nie was!"

Sich über die Unfähigkeit der Polizei zu verbreiten, ließ die mögliche Gefahr, in der seine Tochter schwebte, in den Hintergrund treten.

„Ich werde Monsieur Burma engagieren!" bekräftigte Coulon. „Das bin ich Ihnen schuldig, Ihnen beiden. Sie würden es sicherlich ablehnen, daß ich Sie für Ihren Besuch, die Mühe und die Störung, bezahle, nicht wahr, Paul? Schön, dann lassen Sie mich das auf meine Weise begleichen. Und was Monsieur Burma betrifft... Er hat Simone zu mir zurückgebracht. Sein Auftrag ist damit beendet. Das wenigste, was ich für ihn tun kann, ist, ihm einen neuen zu verschaffen..."

Ein prima Kerl, dieser Coulon, wenn auch etwas plump und grobschlächtig, ich habe es bereits gesagt... Wie immer hatte ich Ärger mit dem Finanzamt. Darüber hinaus hatten die Städteplaner, die Paris einen Kahlschlag verordnet hatten, das Haus in der Rue des Petits-Champs abgerissen, das bisher die Büroräume meiner Agentur beherbergt hatte. Ich war in die Rue Mogador umgezogen, wo ich zwei Etagen gemietet hatte, eine für meine Agentur, die andere für meine Privatwohnung. Die Monatsmiete war gesalzen. Eine zusätzliche Einnahme, die so einfach vom Himmel fiel, kam mir deshalb gerade recht. Blieb nur noch abzuwarten, ob Clarimont sich sein Verhalten von einem Kerl wie Coulon, der seiner Welt nicht angehörte, diktieren lassen wollte. Zu meiner großen Überraschung wollte er, wenn auch widerwillig. Aber die Zeit verging, und ihm mußte daran gelegen sein, die schleppenden Untersuchungen der Polizei ein wenig voranzutreiben.

„Meinetwegen", sagte er. „Wenn es Ihnen so eine große Freude macht, mein lieber Victor, dann will ich es Ihnen nicht abschlagen. Allerdings... Ohne Monsieur Burmas Fähigkeiten in Zweifel zu ziehen, sehe ich nicht, wie er in diesem speziellen Fall mehr ausrichten könnte als die Polizei!"

„Was den Tod Ihres Butlers betrifft, könnte ich es in der Tat nicht", sagte ich, da ich den Moment für gekommen hielt, ein wenig Reklame in eigener Sache zu machen. „Aber um Ihre Nippsachen wiederzufinden – sicher doch Ihre vornehmliche Sorge –, könnte ich Ihnen schon sehr viel nützlicher sein."

„Ach! Und wie, bitte schön?"
„Ich nehme an, daß die Objekte schwer verkäuflich sind, oder?"
„Sie sind sogar ganz und gar unverkäuflich! Deswegen meint dieser Idiot von Inspektor ja auch, er müsse den Täter unter meinen Sammlerfreunden suchen, was beleidigend ist für meine Freunde und obendrein absurd."
„Sehen Sie, Paul!" rief Coulon triumphierend. „Jetzt bezeichnen Sie selbst die Flics als Idioten!"
„Waren die Figuren versichert?" fragte ich.
„Selbstverständlich! Bei der *Hémisphère*, wenn Sie's genau wissen wollen."
„Kenne ich vom Namen her. Ein alter Laden, nicht sehr modern eingestellt."
„Ach! Gibt es denn moderne und unmoderne Versicherungsunternehmen?" bemerkte Clarimont ironisch.
„Ja."
„Hm... Ich weiß, was Sie damit sagen wollen. Die altmodischen Unternehmen beschränken sich darauf, die Geschädigten zu... entschädigen, während die modernen sich mit den Dieben in Verbindung setzen und versuchen, das Diebesgut zurückzukaufen."
„Ganz genau. Offiziell halten sie sich raus. Aber unter der Hand arbeiten Leute wie ich für diese Gesellschaften. Nicht ganz legal, aber üblich. Also, Doktor, in welche Kategorie ist Ihre *Hémisphère* einzuordnen?"
„Kategorie altmodisch. Sie haben einen Angestellten zu mir geschickt, der die Höhe des Schadens feststellen sollte. Einen ‚Handel' hat er mit keinem Wort erwähnt. Das gehört sicherlich nicht zu deren Gepflogenheiten."
Er überlegte noch eine Weile, dann sagte er:
„Nun gut, einverstanden! Jetzt sind Sie am Zug, Monsieur Burma. Ich hoffe, ich kann mich beglückwünschen, Ihre Bekanntschaft gemacht zu haben."
Er schien auf einmal von der Wendung, die die Ereignisse genommen hatten, ganz begeistert zu sein.

„Sie brauchen doch sicher eine Liste der gestohlenen Gegenstände und ihre Beschreibung, nicht wahr? Ich werde sie Ihnen im Laufe des Tages zukommen lassen... Es sei denn... Ja, genau, das wird das Beste sein: Kommen Sie zu mir nach Sceaux, Rue Jean-Bouret 75. Sagen wir, so am frühen Nachmittag. Geht das?"

Es ging. Und es ging um so besser, da ich mir auf diese Weise anhand der verbliebenen Stücke der Sammlung ein Bild von den berühmten Jadefiguren machen konnte. In meinem bisherigen Leben hatte ich nicht die Spur von so wertvollen Nippes gesehen.

Vater Coulon drückte noch einmal seine große Zufriedenheit aus und überreichte mir einen Scheck. Ich verabschiedete mich. Dr. Clarimont blieb noch, für den Fall, daß Simone seine Hilfe benötigen würde.

Der frühe, fahle Morgen tauchte die Rue Mogador in ein unwirkliches Licht, als ich nach Hause kam. Mit der Filmrolle unter dem Arm, betrat ich zunächst das Büro, wo ich für Hélène, meine Sekretärin, ein paar Zeilen hinkritzelte. Ich bat sie, mich nicht vor elf Uhr zu stören. Dann suchte ich meine eigenen vier Wände auf, zog mich aus, und in genau demselben Augenblick kam ich auf die Idee, bei dem verstorbenen Prunier anzurufen. Nach dem ersten Klingelzeichen wurde abgehoben.

„Hallo!"

Auch wenn es noch so verführerisch, gewinnend und liebenswürdig klingen sollte, es war und blieb die bärbeißige Stimme eines bärbeißigen Polizisten. Sie befanden sich also am Tatort mit ihren schweren Schuhen, und das schon seit einigen Stunden, meiner Meinung nach. Ich hatte mich nicht geirrt, als ich in der Nacht die Polizeisirene gehört hatte. Sie hatten mich in der Rue des Mariniers um ein Haar verfehlt!

4

Ausflug nach Sceaux

Der *Crépuscule* berichtete in seiner Mittagsausgabe auf der dritten Seite von dem Mord an Prunier, mit einem Foto des Opfers aus der Zeit, als der Mann noch keinen Anspruch auf diese wenig beneidenswerte Bezeichnung gehabt hatte. Trotz seines bösen Blicks war Prunier kein böser Bube gewesen.

Heute nacht informierte ein anonymer Anrufer das Kommissariat von Plaisance über eine Tragödie in der Rue des Mariniers 10a. Die Beamten fuhren zu der angegebenen Adresse, wo sie die Leiche des Kameramanns Emile Prunier fanden. Monsieur Prunier wurde zwischen 22 und 2 Uhr morgens mit zwei Kugeln aus einem 22er Revolver getötet. Die Waffe, die am Tatort gefunden wurde, wies keinerlei Fingerabdrücke auf. Da das Haus von Monsieur Prunier relativ gut schallisoliert ist, haben die Nachbarn nichts gehört; doch muß man sich fragen, ob der geheimnisvolle Anrufer nicht doch in ihren Reihen gesucht werden muß. Denn daß der Mörder selbst die Polizei alarmiert haben könnte, erscheint wenig wahrscheinlich ...

„Irrtum, Kumpel“, sagte ich laut. „Es war sehr wohl der Mörder.“

„Was war der Mörder?“ fragte Hélène Chatelain, meine Sekretärin. „Und wessen Mörder?“

Ich hatte ihr soeben von meiner bewegten Nacht erzählt, doch sie konnte nicht ahnen, auf wen sich meine Bemerkung bezog.

„Pruniers Mörder war es, der die Flics angerufen hat“, sagte ich. „Ich kann es mir lebhaft vorstellen, so als wär ich selbst dabeigewesen. Der Mörder – alles spricht für einen Mann, denn es ist von einem anonymen Anrufer die Rede, nicht von einer Anruferin – der Mörder also bringt Prunier um und drückt der bewußtlosen Simone die Waffe in die Hand, um ihr den Mord in die Schuhe zu schieben. Dann lockt er mich an den Tatort. Er hält mich für dumm genug…"

„Nicht sehr schmeichelhaft für Sie, Chef", bemerkte Hélène lachend.

„Er kennt mich eben noch nicht! Da er feststellt, daß ich die Flics nicht alarmiere, tut er's selbst. Er muß irgendwo in der Nähe gelauert haben, um mich zu beobachten."

„Apropos dumm genug: Haben Sie schon eine Idee, wer's gewesen sein könnte?"

„Wenn er Prunier getötet hat, um Simone zu schaden und damit ihrem Vater eins auszuwischen, dann ist das jemand, der diese Familie nicht übermäßig in sein Herz geschlossen hat."

„Vielleicht hatte er ja andere Motive. Ich weiß nicht, aber dieser Prunier hat ein Gesicht… als hätte er krumme Sachen gedreht. Was halten Sie von der Geschichte mit dem Rauschgift? Ich meine nicht die Dosis, die man dem Mädchen verabreicht hat. Lesen Sie den Artikel zu Ende!"

Ich las ihn zu Ende. Der Journalist – nicht mein Freund Marc Covet, sondern einer seiner Kollegen – wies darauf hin, daß „eine Spritze, die auf einem Nachttisch in einem unordentlichen Schlafzimmer gefunden wurde, darauf schließen läßt, daß man es mit einem Fall fürs Rauschgiftdezernat zu tun hat."

Dann fuhr er fort:

Es ist bekannt, daß nach mehreren Verhaftungen in den letzten Monaten das „Verteilernetz" der Drogenhändler zerstört worden und der Rauschgiftmarkt durcheinandergeraten ist…

Meiner Meinung nach hatte der Journalist nur Zeilen schinden wollen, und das sagte ich auch Hélène.

„Wenn Pruniers Mörder ein erbitterter Feind der Familie Coulon ist", erwiderte sie, „wird er möglicherweise zu einem weiteren Schlag gegen Vater und Tochter ausholen. Denn der gestrige Versuch ist ja wohl gescheitert."

„Anzunehmen. Aber bestimmt wird er nicht so bald etwas Neues unternehmen. Und bis dahin..."

„Haben Sie ihn geschnappt, stimmt's?"

„Werd's versuchen. Ich bin ihm zwar nicht besonders böse, auch wenn er mich reinlegen und in eine raffinierte Falle lokken wollte. Früher oder später werden die Flics sowieso auf Simone Coulon stoßen. Dann wäre es gut, wenn ich mein Verhalten gestern nacht rechtfertigen könnte. Und dazu muß ich ihnen schon etwas Handfesteres bieten als meine üblichen Märchen."

„Das dürfte Ihnen doch nicht schwerfallen! Der Mörder wußte, daß Sie das Mädchen suchten. Das grenzt den Kreis der Verdächtigen ein."

„Das grenzt überhaupt nichts ein! Seit einer Woche habe ich mehr als zwanzig Personen dieselbe Frage gestellt: ‚Haben Sie Simone Coulon gesehen?' Allein in Cannes habe ich außer Rita Cargelo eine ganze Armee ausgefragt. Hab nicht mal alle Namen und Adressen. Selbst wenn ich sie Revue passieren lassen wollte, könnte ich's nicht."

„Fangen Sie doch mit denen an, deren Namen und Adressen Sie kennen."

„Das werd ich auch... falls mir nichts Genialeres einfällt. Doch ich fürchte, das ist verlorene Zeit. Coulon behauptet, daß er den Ausreißversuch seiner Tochter geheimgehalten habe, und ich glaube es ihm. Aber ihm können durchaus ein paar Worte rausgerutscht sein, ohne daß er's wollte. Und in welche Ohren sie gelangt sind, weiß ich nicht. Was tun? Während ich auf einen Geistesblitz warte, werde ich mich dem Auftrag widmen, den Coulon mir heute nacht zugeschustert hat. Sie wissen doch: Clarimonts Jadefiguren. Das ist eine ganz ruhige Arbeit."

„Und der Film, den Sie aus Pruniers Haus mitgenommen haben?"

Eine gute Frage. Ich hatte erst einen Teil gesehen. Großen

Aufschluß erwartete ich nicht von dem Rest der Rolle, aber ich wollte mir das Filmchen bis zum Ende ansehen. Schon allein, um mein Gewissen zu beruhigen. Also beauftragte ich Hélène, einen Vorführapparat auszuleihen. Nach meiner Rückkehr aus Sceaux würden wir aus meinem Büro ein Kino machen.

* * *

Die zweigeschossige Villa von Dr. Clarimont in Sceaux war in normannischem Stil erbaut. Vor dem Haus lag eine blumenübersäte Wiese und hinter dem Haus ein baumbestandener kleiner Park. In einer solchen Villa zu wohnen und eine Jadesammlung zu besitzen, die mehrere Millionen wert war... Kein Zweifel, die Behandlung von Verrückten brachte eine Menge ein.

Ein Gärtner in verdreckter Arbeitskleidung und mit ebensolchem Hut bearbeitete mit einem Spaten ein Blumenbeet. Als ich am Gittertor läutete, richtete er sich auf und hob den Kopf. Er winkte mir freundschaftlich zu. Es war Clarimont persönlich, bis zu den Ellbogen mit Erde bedeckt.

„Guten Tag", begrüßte er mich. „Entschuldigen Sie, daß ich Ihnen nicht die Hand geben kann, aber ich muß mich vorher erst waschen. Mögen Sie Blumen, Monsieur Burma? Ich liebe Blumen über alles. Ich pflege sie, wie ich früher einmal meine... äh... na ja..."Er lächelte. „Mir macht es eben einen Riesenspaß. Kommen Sie hier entlang, ja?"

Er ging mir ins Haus voran. Dann zog er sich zu der angekündigten Grundreinigung zurück und bat mich, in einer Art Büro zu warten. Das Zimmer lag neben dem größten Raum des Erdgeschosses, der mit Bildern und einigen Glasvitrinen dekoriert war. Um mir die Wartezeit zu vertreiben, sah ich mir dieses kleine Museum an. Das Glas einer Vitrine war kaputt, und auf dem Samt, mit dem sie innen ausgeschlagen war, waren noch die Eindrücke der gestohlenen Gegenstände zu sehen. Die anderen Vitrinen enthielten winzige grüne Chinoiserien von relativ anzüglicher Form. Möglich, daß sie einige Milliönchen wert waren; ich jedenfalls hätte, offen gesagt, keine zwei Francs für den Kram gezahlt. Das gleiche galt für die Schinken, die an den Wänden hingen. Blöde Landschaften, öde Stilleben mit toten Fischen, das Porträt einer Frau, der man – das sah man an ihrem Gesicht – die soeben erwähnten Fische hatte verkaufen wollen oder die jene Fische verspeist hatte. Ich schaute nach, ob die Schöpfer dieser Schreckensbilder die Frechheit besessen hatten, mit ihrem Namen zu signieren, und stellte fest, daß die Werke von Clarimont stammten. Ach ja! Dem *Crépu* zufolge hatte er die latenten Talente eines Sonntagsmalers. Na ja, alter Freund... Die „Gemälde" waren von einer Inspiration beseelt, die vermuten ließ, daß er mit mehr oder weniger großem Erfolg einige Motive der Kalender, die zu Jahresanfang von der Post verteilt werden, kopiert hatte.

„Kennen Sie sich mit Malerei aus, Monsieur Burma?"

Clarimont stand vor mir. Er hatte die Kleidung gewechselt und war so sauber wie ein neuer Sou.

„Nicht mehr als mit antiken Jadefiguren", antwortete ich.

„Kleine Entspannung für einen überarbeiteten Psychiater", sagte er mit entspanntem Lächeln. „Zum persönlichen Vergnügen." Er wurde ernst und wies auf die kaputte Glasvitrine. „Haben Sie's gesehen? Es waren meine schönsten Stücke."

„Die Einbrecher haben nur die eine Vitrine ausgeräumt?"

„Ja. Müssen wohl Hals über Kopf abgehauen sein, als sie feststellten, daß Louveau tot war. Aber der Schaden ist auch so schon beträchtlich."

„Ach ja, stimmt! Ein Mann ist ermordet worden..."

„Der arme Louveau! Er war zunächst einer meiner Krankenpfleger und dann mein Butler... Sie wissen, wie es sich zugetragen hat, nicht wahr? Man hat keinerlei Spuren eines Einbruchs entdeckt. Anscheinend hat Louveau selbst den Dieben die Tür geöffnet."

„War er ein Komplize?"

„Wer weiß? Inspektor Sébastien... Ja, ich glaube, so heißt

er... Inspektor Sébastien oder, genauer gesagt..." Ironisch betonte er jede Silbe. „Po-li-zei-offi-zier Sébastien, denn so heißen sie wohl jetzt, und ich kann Ihnen versichern, er legt großen Wert auf diesen Titel..."

Clarimont stieß ein abfälliges Lachen aus. Vom Geld und anderen Kleinigkeiten einmal abgesehen, hatten wir zumindest eines gemein, der Doktor und ich: Beide hielten wir nichts von diesem neuartigen Vokabular, das Inspektoren zu Offizieren macht, Briefträger zu Postzustellern und Arbeitslose zu Stellungssuchenden. Es zeigt nur, in welch einer saudummen Scheinwelt wir leben.

„Der Polizeioffizier also", fuhr Clarimont fort, „ein junger, vielleicht etwas zu selbstsicherer Beamter, geht davon aus, daß Louveau den Dieben die Tür geöffnet hat, er sie folglich kannte und sie folglich Freunde des Hauses sind. Er denkt an einen neidischen Sammler – der natürlich unter meinen Freunden zu suchen sei –, der sich die seltenen Stücke aneignen wollte, um sich ganz alleine an ihnen zu erfreuen. Das ist vollkommen idiotisch, allein schon aus dem einfachen Grunde, weil sich keiner meiner Sammlerfreunde für antike Jadefiguren interessiert. Von den Fingerabdrücken ganz zu schweigen! Besser gesagt, von den fehlenden Fingerabdrükken. Man hat nicht einen einzigen gefunden. Alle Spuren sind verwischt worden, was auf die Arbeit eines Profis, eventuell eines Vorbestraften, hindeutet. Und solche Individuen zähle ich nicht zu meinen Freunden."

„Tja", sagte ich, „und wäre ein Sammler soweit gegangen, einen Menschen zu ermorden?"

„Das genau ist der Haken an der Sache. Louveau ist tot, aber es sieht eher nach einem Unfall aus. Die Wunde an seinem Hinterkopf rührt nicht von einem Schlag mit dem Knüppel her. Wahrscheinlich hat es einen Kampf gegeben, und mein Butler ist unglücklich mit dem Kopf auf die scharfe Kante einer Vitrine gefallen. Außerdem war er alt und hatte ein schwaches Herz... Na ja, diese Frage ist nur von nebengeordneter Bedeutung, nicht wahr? Sprechen wir lieber von meinen Figuren und der Möglichkeit, sie wieder zurückzukaufen. Kommen Sie, nebenan wartet Kaffee auf uns."

Wir gingen in das Büro. Irgendeine Hausangestellte, die wohl den auf dem Felde der Ehre gefallenen Butler vertrat, stellte eine Kaffeekanne und die nötigen Utensilien auf einem runden Tischchen bereit. Nachdem sich die Haushälterin zurückgezogen hatte, tranken wir ein Täßchen Kaffee, und dann öffnete Clarimont eine Schublade seines Schreibtischs und holte eine Liste der verschwundenen Gegenstände hervor. Unter den Abbildungen der Figuren standen Namen, die den Freunden der Orientalistik sicherlich bekannt waren.

„Ich weiß nicht, ob Ihnen das etwas nützen wird", sagte der Bestohlene und reichte mir die Aufstellung.

„Sehr sogar", erwiderte ich. „Wenn ich mit den Dieben in Kontakt trete, muß ich schließlich wissen, ob die angebotene Ware auch die richtige ist. Und jetzt", fügte ich lächelnd hinzu, „sagen Sie mir doch bitte, warum Sie mich herbestellt haben. Die Liste hätten Sie mir ebensogut durch die Post schicken können, meinen Sie nicht, Doktor? Wollten Sie mir vielleicht etwas mitteilen, das nicht für Coulons Ohren bestimmt ist?"

Er warf mir einen beinahe verärgerten Blick zu. Normalerweise war er es, der Gedanken las.

„Oh, Sie kapieren ja sehr schnell!" sagte er.

„Nicht immer, aber hin und wieder. Um meinen guten Ruf zu wahren."

„Also gut, ich wollte mich mit Ihnen über Mademoiselle Coulon unterhalten. Übrigens, Dr. Moneglia hat sie heute morgen in seiner Klinik aufgenommen. Es geht ihr gut, sie muß sich nur ein paar Tage ausruhen... und beobachtet werden."

Er nahm seine Brille ab und begann, an einem der Bügel zu knabbern. Sein kurzsichtiger Blick verlor sich in einer Art innerer Kontemplation.

„Monsieur Burma", sagte er schließlich, „ich wollte Sie etwas fragen, aber eben nicht in Monsieur Coulons Anwesenheit, wie Sie ganz richtig erraten haben." Er setzte die Brille wieder auf. „Dieser nächtliche Telefonanruf, den Sie erhalten haben... Sind Sie sicher, daß er nicht von Simone kam?"

„Absolut sicher. Auch wenn Simone ahnte, daß sie gesucht wurde, konnte sie unmöglich wissen, wer mit dieser Angelegenheit betraut worden war. Folglich hat sie mich auch nicht angerufen. ‚Suchen Sie mich immer noch?' Der Mörder wollte es zu gut machen."

„Ich möchte Ihnen nur zu gerne glauben", seufzte Clarimont. „Allerdings... Wenn der Mörder wollte, daß Simone auf frischer Tat erwischt würde, wie erklären Sie es sich dann, daß er Sie und nicht die Polizei angerufen hat? Er wußte, daß Sie Simone suchten, und konnte sich denken, daß das Mädchen sozusagen unter Ihrem Schutz stand. Schließlich war sie Ihre Klientin..."

„Langsam, Doktor", unterbrach ich ihn. „Mein Schutz, wie Sie es nennen, ging nicht so weit, einen Mord zu decken. Und genau darauf hat unser Mörder gesetzt."

Ich legte ihm auseinander, wie sich die Dinge meines Erachtens nach abgespielt hatten. Meine Theorie schien ihm zu gefallen. Seine Augen hinter den dicken Brillengläsern blitzten beinahe fröhlich. Offenbar nahm ich ihm eine große Last von der Seele, und ich wußte auch, welche. Da ich schon einmal so gut in Schwung war, fragte ich ihn, ob Victor Coulon Feinde habe.

„Victor ist ein feiner Kerl!" rief er entrüstet. „Er hat keine Feinde. Und was Simone betrifft, sie ist noch zu jung, um sich schon welche gemacht zu haben."

Ich behielt für mich, daß ein Verbrechen aus Leidenschaft immerhin möglich schien.

„Jedenfalls", fuhr Clarimont fort, „bin ich sehr froh, daß es nicht Simone war, die Sie angerufen hat. Denn Sie sind sich doch sicher, oder?" fragte er noch einmal nach. „Kein Zweifel möglich?"

„Keiner. Machen Sie sich keine Sorgen. Sie haben geglaubt, daß es Simone war, stimmt's? Und wenn sie's gewesen wäre... Tja!"

„Tja", echote er. „Um ehrlich zu sein, das Ganze kam mir sehr seltsam vor..."

„Nun, Doktor, wir wollen nicht um den heißen Brei herumreden. Simones Mutter war geistesgestört, nicht war? Und Sie hatten Angst, daß auch die Tochter... Gestern nacht haben Sie Monsieur Coulon nicht geantwortet, als er die Möglichkeit in Betracht zog. Aber gedacht haben Sie's auch, stimmt's?"

Seine Gesichtsmuskeln spannten sich.

„Nun, ja, Monsieur Burma... Ich muß gestehen, daß mir der Gedanke gekommen ist. Doch haben Sie mich soeben vom Gegenteil überzeugt. Ich danke Ihnen."

Dr. Clarimont erhob sich. Die Sitzung war beendet. Ich steckte die Liste der geklauten Nippfiguren in einen Umschlag, und der Hausherr begleitete mich hinaus. Am Gartentor bedankte er sich noch einmal – ganz aus-dem-Weg-geräumte-Sorge – und streckte mir herzlich seine aristokratische, von der Gartenarbeit gezeichnete Hand entgegen.

* * *

Zurück in Paris, machte ich am Quai des Orfèvres 36 halt, bevor ich in meine Agentur fuhr. Mein alter Freund Florimond Faroux, Kommissar und Chef der Kripo, saß in seinem Büro und kaute auf einer seiner scheußlichen Zigaretten herum, die er mit seinen knochigen, nikotingelben Fingern selbst drehte. Das Zimmer stank nach kaltem Zigarettenrauch. Ein hübscher Haufen von Kippen hatte sich in dem Aschenbecher, den er wahrscheinlich im *Trois Marches* oder im *Boule d'Or* geklaut hatte, angesammelt. Schnell brachten wir die Höflichkeitsfloskeln hinter uns – der Kommissar schien äußerst gereizt –, dann fragte ich ihn, wo ich Inspektor Sébastien finden könne.

„Ich meine natürlich den Polizeioffizier Sébastien", verbesserte ich mich sogleich. „Hab gehört, er legt großen Wert auf den neuen Titel."

„Das ist noch sein geringster Fehler", knurrte Faroux, der

seinen Untergebenen offenbar nicht ausstehen konnte. „Was wollen Sie von Sébastien?"

„Nichts Besonderes. Er kümmert sich doch um den Fall Clarimont, nicht wahr? Dr. Clarimont, Irrenarzt und Gutachter der Anklage", präzisierte ich. „Wir wollen die Herren doch immer schön beim Titel nennen."

„Ach ja, Dr. Clarimont... Stimmt, Sébastien ist damit betraut... unter anderem."

„Ich auch, stellen Sie sich vor! Clarimont hat mich engagiert. Ich soll ihm die Nippes, die man ihm geklaut hat, wiederbeschaffen."

„Ach ja? Mit der bewährten Methode, Kontakt mit den Dieben aufzunehmen, was? Und da besitzen Sie die Frechheit, hierherzukommen und uns davon in Kenntnis zu setzen, so als wüßten Sie nicht, daß wir diese Art Sport nicht unterstützen!"

„Regen Sie sich ab, und keine Moralpredigt, wenn ich bitten darf! Ich verhalte mich den Behörden gegenüber stets korrekt. Wollte Ihrem Sébastien lediglich mitteilen, daß ich, was die chinesischen Nippes angeht, mit von der Partie bin."

„Das wird ihm gar nicht gefallen, ich sag's Ihnen gleich."

„War mir wohl klar." Und schnurzegal, fügte ich in Gedanken hinzu. „Es hätte ihm aber bestimmt noch viel weniger gefallen, wenn er's aus der Zeitung erfahren hätte."

„Hm!"

Faroux drückte seine Kippe im Aschenbecher aus.

„Ein Volk ist das!" schimpfte er.

Ich wußte nicht, wo er zu Mittag gegessen hatte, aber man mußte ihm wohl eine schwer verdauliche Ratatouille serviert haben.

„Was hat er Sie zu engagieren, dieser alte Blödmann von Arzt!? Hält er uns für unfähig? Hat er kein Vertrauen, oder was? Er müßte uns doch eigentlich kennen, wo er sozusagen zur Familie gehört..."

„Vielleicht eben deshalb: *weil* er euch kennt..."

„Ach, Schnauze! Ich bin nicht zum Scherzen aufgelegt. Um

wieder auf Sébastien zurückzukommen: Ich werd ihm die Neuigkeit übermitteln. Im Augenblick ist er außer Haus."

„Sehr gut, vielen Dank. Und sonst? Wie gehen die Geschäfte?"

„Welche Geschäfte?"

„Na ja, ich weiß nicht. Die Geschäfte eben. Ertrag, Wachstum, Kriminalitätsrate und so."

„Wir können nicht klagen."

Nachdem wir noch weitere Allgemeinplätze von uns gegeben hatten, verabschiedete ich mich. Ein Schlag ins Wasser, Nestor! Offizier Sébastien über meinen Auftrag von Clarimont zu informieren, war nur ein Vorwand gewesen, um unauffällig in Faroux' Nähe zu kommen und ihm ein paar Bemerkungen über den Mord an Prunier abzuluchsen. Doch der Kommissar hatte den Fall mit keinem einzigen Wort erwähnt. Da stand ich nun mit meinem Talent und war so schlau wie zuvor. Vielleicht würde ich ein andermal mehr Glück haben.

* * *

Beim *Crépuscule* legte ich einen weiteren Zwischenstop ein. Mein Freund Marc Covet, der trinkfreudige Journalist, Spezialist für Vermischtes und eine der Berühmtheiten des Blattes, saß auf seinem Stammplatz im hauseigenen Café in der zehnten Etage. Ich erzählte auch ihm, womit Clarimont mich beauftragt hatte. Der Barkeeper servierte uns etwas zu trinken, und ich teilte Covet mit, daß er diese Nachricht unters Lesevolk bringen müsse. Das sei er unserer Freundschaft schuldig.

„Erscheint morgen in der ersten Ausgabe", versprach er mir und sah mich mit seinen wässrigen Augen an. „Eine Hand wäscht die andere, wie immer, klar? Der Fall Clarimont gibt nichts Aufregendes her. Wir haben schon das Maximum rausgeholt, und das auch nur, weil der Bestohlene eine gewisse Berühmtheit ist. Aber wenn Sie was Neues erfahren sollten... Schließlich müssen wir die Zeitung vollkriegen."

„Machen Sie sich da mal keine allzu großen Hoffnungen", erwiderte ich. „Ich kümmere mich nur um die Figuren, nicht um den toten Butler, auch wenn beides natürlich zusammenhängt. Aber der Tod des Butlers gehört in den Zuständigkeitsbereich von Inspektor Sébastien."

„Ach, der!" stöhnte Covet. „Wenn man sich auf den verläßt... Ist nicht grade gesprächig, der Kerl."

„Kennen Sie ihn? Ich hab ihn noch nie gesehen, stell mir aber vor, daß er ein komischer Zeitgenosse ist. Hab den Eindruck, daß Faroux ihn nicht riechen kann."

„Sébastien ist einer, der nachdenkt oder wenigstens so tut. Er denkt nach und verdächtigt. Wenn irgendwo ein Verbrechen begangen wird, überprüft er bestimmt sein eigenes Alibi! Rechnen tut er auch. Zählt zwei und zwei zusammen."

„Und was kriegt er raus?"

„Das verrät er nicht. Wahrscheinlich häufiger fünf als vier. Daß Sie in die Untersuchung eingreifen, wird ihm gar nicht schmecken."

„Ach, ‚eingreifen' ist zuviel gesagt. Wollen Sie wissen, worin im Moment meine Aufgabe besteht? Nachdem Sie veröffentlicht haben, daß ich mit dem Fall befaßt bin, werd ich mich still in eine Ecke setzen und darauf warten, daß ein Mittelsmann Kontakt mit mir aufnimmt, um ins Geschäft zu kommen."

„Ja, ich weiß. Eine bequeme Art, sein Brot zu verdienen. Wird aber dem Flic noch viel weniger schmecken. Er wird Ihnen auf den Pelz rücken, um Ihnen Namen, Vornamen, Alter und Adresse des Kontaktmannes aus der Nase zu ziehen. Sie werden's erleben! Sébastien wird Ihnen die Hölle heißmachen, ob Sie ein Freund von Faroux sind oder nicht."

„Dann werd ich mir schon irgendwie zu helfen wissen. Scheiße nochmal! Diese jungen Flics der neuen Generation!"

„Hören Sie auf damit! Trinken wir noch einen?"

Wir tranken noch einen, um den Buhmann von der Tour Pointue zu vergessen. Was ich aber nicht vergaß, das war der Mord an Prunier. Ich brachte ihn zur Sprache. Covet war zwar etwas redefreudiger als Kommissar Faroux, konnte mir aber auch nichts Neues erzählen. Ich verließ ihn und kehrte endlich in die Agentur zurück.

Hélène saß brav in ihrem Büro unter dem Plakat des „berühmten Privatdetektivs" Eugène Villiod. In meiner Abwesenheit hatte ein gewisser Lautier angerufen, um zu erfahren, ob ich inzwischen Simone Coulon gefunden hätte. Lautier? Ach ja, der Freund des Mädchens, wegen dem ich bis nach Orléans gefahren war. Was genau hatte er gewollt? Nichts. Er mache sich Sorgen um seine Freundin, das sei alles.

„Ich habe gesagt, daß ich nicht auf dem laufenden sei, und ihn gebeten, später noch einmal anzurufen", fügte Hélène hinzu. „Kommt Ihnen der Anruf nicht merkwürdig vor, Chef?"

„Abwarten. Übrigens könnte ich Rita Cargelo davon benachrichten, daß Simone wieder zu Hause ist. Ich hatte den Eindruck, daß sie die Kleine sehr mag."

„Ihnen ist wohl jeder Vorwand recht, was?" lachte Hélène und funkelte mich mit ihren haselnußbraunen Augen an. „Sie werden sich nie ändern! Die Schauspielerin scheint zwar nicht Ihr Typ zu sein, aber ehe Sie sich schlagen lassen... Es ist ja so schmeichelhaft, einen Filmstar zu kennen!"

„Ja, *chérie*. Auf der Leinwand begeistert sie mich nicht, aber auf dem weißen Linnen könnte ich eventuell meine Meinung ändern... Da wir schon mal vom Film reden: Haben Sie den Projektionsapparat ausgeliehen?"

„Ja, Monsieur Casanova. In Ihrem Büro ist alles für die Vorführung bereit."

„O.k.! Verbinden Sie mich vorher bitte noch mit diesem Hotel in Cannes."

Kurz darauf hörte ich den Italo-Yankee-Akzent von Rita Cargelo. Ich erzählte ihr, daß ich Simone gefunden hatte – ohne die abenteuerlichen Umstände zu erwähnen – und daß ich sie zu ihrem Vater zurückgebracht hatte. Ich hätte geglaubt, daß sie, Rita, sich über die frohe Botschaft freuen würde, fügte ich hinzu. Mademoiselle Cargelo antwortete, ja, sie freue sich in der Tat. Sie habe die *bambina* richtig in ihr Herz geschlossen. Einen Augenblick lang spielte ich mit dem Gedanken, ihr von Pruniers Schicksal zu erzählen. Denn für mich gab es keinen Zweifel, daß Simone den Kameramann in ihrer näheren Umgebung kennengelernt hatte. Doch dann überlegte ich es mir und schwieg. Die Schauspielerin würde bestimmt einen Zusammenhang herstellen, und wenn sie dann plaudern würde... Nein, nein. Um mich über Prunier zu informieren, würde ich andere Quellen anzapfen.

Ich hatte kaum den Hörer auf die Gabel gelegt, als das Telefon klingelte. Es war dieser Lautier. Ich erzählte auch ihm, daß Simone wieder zu Hause war, und bat ihn, unabhängig davon, um ein Rendezvous. Er war zwar überrascht, willigte dann aber ein. Wir verabredeten uns für den Mittag des nächsten Tages und legten auf.

Hélène und ich gingen nach nebenan in mein Büro, um mit unserer kleinen Privatvorführung zu beginnen.

„Also wirklich!" bemerkte meine Sekretärin enttäuscht, als der Film durchgelaufen war. „Von Pruniers Gesicht und seiner Art, junge Mädchen mit Rauschgift vollzupumpen, um mit ihnen ins Bett zu steigen, hatte ich mir etwas anderes versprochen."

„Ach ja? Was denn?"

„Das wissen Sie doch ganz genau!"

„Ich möchte es aber aus Ihrem Munde hören."

„Einen Pornofilm natürlich!"

Sie wurde rot und streckte mir die Zunge heraus.

„Ja, einen Pornofilm", wiederholte ich nickend. „Da stehen wir nun mit unserem schäbigen Verdacht. Diese Branche hat Prunier nicht bedient, jedenfalls nicht unter Beteiligung von Simone Coulon."

Während Hélène den Film mit den unschuldigen Bildern einpackte, rief ich Victor Coulon an. Ich erkundigte mich nach dem Befinden seiner Tochter („Es geht, danke"), sagte ihm, daß ich bei Clarimont gewesen sei („Ah, sehr gut!") und schnitt schließlich das Thema „Feinde" an, die er sich im

Laufe seines bisherigen Lebens gemacht haben könnte. Zum Beispiel jemand, dem er die Frau weggenommen hatte oder so was in der Art. Er antwortete, daß er keine Feinde habe, daß die Erde zwar von Gehörnten wimmele, einverstanden, er aber von keinem der Hörner bedroht werde. Niemals habe er jemandem die Frau ausgespannt. Der letzte Satz kam etwas schwach bei mir an, was jedoch an der Telefonleitung liegen konnte. Ich ließ den Punkt fallen und legte auf.

Es war Zeit, eine Kleinigkeit zu essen. Ich lud Hélène in ein kleines Restaurant in der Nähe ein. Nach dem Essen ging ich früh zu Bett, die letzten Abendausgaben mehrerer Zeitungen unterm Arm.

Marc Covet, immer nett zu Freunden, hatte nicht den nächsten Morgen abgewartet, um die Leser des *Crépu* davon zu unterrichten, daß in der Sache Clarimont, die zur Zeit an einem toten Punkt angelangt sei, der Privatdetektiv Nestor Burma, parallel zu den polizeilichen Ermittlungen und ganz besonders hinsichtlich der wertvollen Jadefiguren, seine privaten Ermittlungen durchführen werde. Vom Mordfall in der Rue des Mariniers stand nirgendwo etwas Neues. Die Artikel im *Crépu* sowie im *France-Soir* waren ein Aufguß dessen, was in den letzten Tagen schon geschrieben worden war. Ich las sie trotzdem mehrere Male, wobei ich das Gefühl hatte, daß irgend etwas Wichtiges darin fehlte. Und es fehlte tatsächlich etwas; aber im Augenblick wußte ich nicht, was.

* * *

Am nächsten Tag, einem Mittwoch, machte ich mich auf die Socken, um etwas über den toten Emile Prunier rauszukriegen. Fehlanzeige. Gegen Mittag traf ich mich mit Lautier, Simones Freund aus Orléans. Schnell überzeugte ich mich davon, daß er nichts mit der Sache zu tun hatte. Er war nur ein empfindsamer Junge, der sich wegen Simone Sorgen machte, in allen Ehren sozusagen. Auch hatte er mich wohl deshalb angerufen, weil er es mächtig schick fand, einen Privatflic zu kennen.

Nein, das brachte mich alles nicht weiter. Der Tag ging vorüber, so wie es alle Tage tun. Auch heute ging ich früh in die Falle.

Am Donnerstag ergab sich das gleiche Bild. Von dem Einbruch bei Clarimont und dem Mord an Prunier sprach schon niemand mehr. Nur der *Crépu* widmete den Jadefiguren noch ein paar Zeilen, wohl um daran zu erinnern, daß Nestor Burma undsoweiter undsofort. Mein lieber Covet, deine Mühe wird umsonst sein, aber trotzdem vielen Dank!

Das Telefon blieb stumm. Selbst der offizielle Besuch des Offiziers Sébastien – mit dem ich rechnete, weil der Flic mir die Hölle heißmachen würde, wie Covet prophezeit hatte – blieb aus. Vielleicht war Sébastien ja gar nicht der Bürgerschreck, als der er mir beschrieben worden war. Auch Dr. Clarimont ließ mich als wohlerzogener Mensch in Ruhe.

Kurz und gut, es herrschte völlige Windstille bis Freitag mittag. Aber am Freitagnachmittag, da gab's was Neues.

5

Objektive und Fotos

Seine wortkarge Visitenkarte – nur Name und Vorname – wies ihn als Etienne Raphanel aus. Ungefähr fünfundzwanzig Jahre alt, gut gekleidet, ziemlich hübsch. Ein kräftiger, aber energieloser Junge mit braungebranntem Gesicht, schlaffen Zügen und zwei Bürsten, die eine über dem Gesicht, die andere mittendrin: Haare und Schnurrbart. Ein verlegenes Lächeln umspielte seine weichen Lippen. In seinen grauen Augen hinter der dicken Hornbrille lagen unbestimmbare Gefühle. Er schien sich nicht wohl in seiner Haut zu fühlen. Zuerst hatte ich gedacht, er käme „wegen der Anzeige" in Sachen Clarimont. Doch ich hatte mich geirrt.

„Monsieur", begann er und rutschte nervös auf dem Besuchersessel hin und her, „ich möchte Sie mit einer delikaten, sehr delikaten Angelegenheit betrauen..."

„Ich kenne praktisch nur delikate Angelegenheiten", unterbrach ich ihn. „Sie begleiten mich beim Atmen wie beim Essen. Wenn ich nicht mit ihnen schlafe, dann nur, um zu vermeiden, daß sie Kinder kriegen."

„Sicher", stimmte der Junge mir zu. „Aber delikat und delikat ist manchmal noch ein Unterschied."

Aus der Mappe aus Maroquin, die er mit sich herumschleppte, zog er einen großen Umschlag heraus. Aus diesem Umschlag wiederum nahm er, wie mit einer Pinzette, ein Foto, 21 × 27, das er auf den Tisch legte.

„Sehen Sie sich das mal an", forderte er mich auf.

Ich sah es mir an... und bekam einen Schock. Endlich! In diesem Laden wurde in den letzten Tagen über nichts anderes geredet als über unsittliche Fotos und an nichts anderes gedacht. Da mußte es ja einmal passieren! Und nun war es passiert: Was ich vor mir sah, war wirklich gepfeffert.

„Sehr hübsch“, murmelte ich und musterte Raphanel, der so purpurrot war wie ein Kardinal. „Und?“

Er antwortete nicht sofort. Nachdem er sich eine Zigarette angezündet hatte, fragte er:

„Können Sie von dieser... diesem Foto auf die Leute schließen, von denen es stammt? Ich meine... Können Sie herauskriegen, wer der Fotograf war?“

„Wird schwer werden“, sagte ich, „aber versuchen können wir's ja mal.“

„Dann versuchen Sie's.“

Er drückte seine Zigarette im Aschenbecher aus. Er hatte nur dreimal an ihr gezogen.

„Versuchen Sie es“, wiederholte er. „Geld und Zeit spielen keine Rolle. Ich zahle Ihnen, was Sie verlangen.“

Aus seiner Mappe holte er jetzt ein Bündel Banknoten hervor.

„Ich kenne Ihren üblichen Honorarsatz nicht. Bis gestern wußte ich nicht einmal, daß es Sie gibt. Hab Ihren Namen in einem Zeitungsartikel gelesen. Hier sind fünftausend Francs. Falls das nicht reicht...“

Eine halbe Million alter Francs! Das müßte reichen.

„Das müßte reichen“, sagte ich. „Wie ist das Foto in Ihren Besitz gelangt?“

Raphanel runzelte die Stirn und wurde noch röter. Mit seiner gepflegten, gebräunten Hand massierte er sein schlaffes Kinn.

„Ich habe es per Post bekommen“, antwortete er wenig begeistert.

„Lag etwas dabei?“

„Nein, nichts. Was sollte denn dabeigelegen haben?“

„Keine Ahnung... Also nur das Foto, ja? Wann?“

„Vor etwa zehn Tagen.“

„Anonym, nehme ich an... Haben Sie den Briefumschlag aufbewahrt?“

„Nein.“

„Schade, dann werden wir ohne ihn auskommen müssen.“

Ich nahm das Geld an mich und verkündete:
„Ich werde mich darum kümmern. Sobald ich etwas rauskriege, informiere ich Sie. Wo kann ich Sie erreichen?"
„Rue de Coulmiers 25. Telefon hab ich nicht. Schreiben Sie mir. Brief oder Rohrpost."
Rue de Coulmiers, 14. Arrondissement. Ich mußte wieder an Prunier denken. Falls ich überhaupt aufgehört hatte, an ihn zu denken... Ich notierte die Adresse auf der Rückseite der Visitenkarte, und Raphanel stand auf. Ich brachte ihn bis zum Aufzug. Und dort, als wir uns voneinander verabschiedeten, bemerkte ich ein seltsames Funkeln in seinen Augen. Es war der Blick eines Menschen, der sich plötzlich fragt, ob er nicht gerade dabei ist, eine Riesendummheit zu begehen.
Der Aufzug brachte meinen neuen Klienten nach unten.
„Welchen Eindruck hat Raphanel auf Sie gemacht?" fragte ich Hélène in ihrem Büro.
„Sympathisch, aber ein wenig träge. Was wollte er denn? Über die Jadefiguren verhandeln?"
Ich erklärte meiner Sekretärin, was dieser Raphanel von mir wollte, und auch sie dachte sofort an Prunier, sagte dann aber:
„Der Zusammenhang, den wir beide herstellen, ist doch wohl völlig aus der Luft gegriffen, oder?"
„Warum? Ist denn nicht erstaunlich, daß ausgerechnet nach dem Tod von Emile Prunier, der den Artikel nicht hatte, aber vielleicht *gehabt hatte*, jemand zu mir kommt und mir genau diesen Artikel unter die Nase hält? Vergessen Sie nicht den bösen Streich, den man in der Rue des Mariniers gespielt hat. Es ist schiefgegangen, einverstanden. Ein Grund mehr vielleicht, es noch einmal zu versuchen, in einer anderen Form."
„Trotzdem!" beharrte Hélène. „Was soll Simone Coulon damit zu tun haben? Unseren Überlegungen zufolge..."
„Unseren Überlegungen zufolge haben wir uns auf der ganzen Linie geirrt, davon bin ich überzeugt. Jedenfalls bezahlt mich der Junge dafür, daß ich den Ursprung dieses Fotos herausfinde. Wenn mich das zu Prunier führt, würde mich das nicht sonderlich überraschen."

Mir kam eine Idee. Ich ließ Hélène mit unseren Überlegungen alleine und ging in mein Büro zurück, um das „Telefonbuch nach Straßen“ zu konsultieren. Coulmiers 25. Zwei Mieter des Hauses hatten Telefon. Ein Mann namens Tanguy und eine Frau namens Suzanne Larcher. Ich wählte Tanguys Nummer. Nichts. Ich ging zu Suzanne Larcher über. Beinahe sofort wurde abgenommen, und eine Frau meldete sich. Eine Frau, die offensichtlich getrunken hatte, was unangenehme Erinnerungen an die versoffene Stimme in jener besagten Nacht in mir hervorrief. Eine Frauenstimme also meldete sich:

„Hier Leichenschauhaus. Ja, bitte?“

Sehr witzig. Ich stellte mich auf ihren Gesprächston ein:

„Haha! Deswegen haben Sie bestimmt eine so lebendige Stimme?“

„Nein. Deswegen ist meine Stimme so mitgenommen. Hört sich gut an, was? Und davon abgesehen, wer ist am Apparat?“

„Dalor.“

„Dalor? Kenn ich nicht. Was wollen Sie?“

„Mit Raphanel sprechen.“

„’n bißchen spät, finden Sie nicht?“ lachte Miss Suzanne Kater. „Er ist tot.“

„Er ist... was?“

Ich hielt den Hörer einen halben Meter von mir weg und starrte ihn an, als hätte er versucht, mich zu beißen.

„Er ist tot, sagen Sie? Seit wann?“

„Seit... äh... Warten Sie, ich werd’s Ihnen genau sagen.“

Sie knallte den Hörer auf den Tisch. Gleichzeitig warf sie wohl eine Flasche auf den Boden, denn ich hörte ein Geräusch, so als ginge Glas zu Bruch. Ein Schwall von Flüchen begleitete den Verlust des Gurgelwassers. Nach einer Weile meldete sich wieder die Frauenstimme:

„Hallo! Hier Leichen...“

„Ja, ich weiß“, sagte ich. „Und?“

„Wegen Ihnen hab ich eine Flasche kaputtgeschmissen!“

„Ich kauf Ihnen ’ne neue.“

„Ach, nicht nötig, sie war fast leer, und ich hab noch mehr davon... 1520“, ergänzte sie.

„Na, dann werden Sie ja nicht verdursten!“

„1520 ist nicht die Anzahl der Flaschen, sondern das Datum. Das Todesdatum. Er ist im Jahre 1520 gestorben.“

„Sagen Sie, wollen Sie mich auf den Arm nehmen?“

„Keineswegs! Das stand im *Larousse*... Raffael ist 1520 gestorben.“

„Raff... Ach, Sie sprechen von dem Maler! Scheiße, wer hat denn was von Raffael gesagt?“

„Na, Sie natürlich!“

„‚Raphanel‘ hab ich gesagt. Nicht Raffael. Ra-pha-n-el, Etienne Raphanel.“

„Entschuldigen Sie, ich hatte Raffael verstanden. Ein Raphanel wohnt hier nicht, M’sieur. Ich bin Suzy Larcher, verkannte Künstlerin, das Leichenschauhaus der Illusionen.“

„Ach so. Und im Haus? Sie sind doch nicht die einzige Mieterin, oder?“

„Es gibt noch fünf weitere. Mit denen hab ich nichts zu tun, kenn sie aber alle. Zumindest vom Namen her. Aber einen Raffael... ’tschuldigung, Raphanel gibt es bei uns nicht.“

„Schade. Trotzdem vielen Dank.“

Ich legte auf, um gleich wieder abzuheben und Saunières anzurufen, meinen Freund vom „Photo-Schnellservice“. Er war sozusagen mit dem Film verwachsen, und das von Kindesbeinen an.

„Hallo! Hier Nestor Burma“, meldete ich mich. „Sagen Sie, könnten Sie für mich etwas ganz Dringendes erledigen, noch heute, wenn’s geht? Etwas ganz Spezielles.“

„Wir können immer, aber sputen Sie sich! Haben Sie mal auf die Uhr geguckt? Wir machen gleich dicht.“

Ich nahm ein Taxi, und zwanzig Minuten später stand ich in Saunières’ Laden in der Rue Richepanse. In derselben Straße hatte Diana Slip vor dem Krieg ihre verrückt-komische Unterwäsche verkauft. Die Augen meines Freundes traten hervor, als er das Foto sah, das ich ihm hinhielt.

„Oh, ist das Ihr neuer Broterwerb?"

„Ja. Wie Sie sehen, fange ich gerade erst an. Mein Warenlager ist noch klitzeklein... Können Sie drei oder vier Abzüge von diesem Foto machen?"

„Der Abzug von einem Abzug wird nie ein Meisterwerk fotografischer Kunst, wissen Sie..."

„Solange man alles so ungefähr erkennt, wenn der Hintergrund noch zu sehen ist und die Personen nicht zu sehr verschwimmen, reicht mir das vollkommen."

„Unter diesen Bedingungen wird's wohl gehen. Wann brauchen Sie's? Morgen früh, in Ordnung?"

„In Ordnung."

Wir tauschten unsere Meinungen über diese verbrecherische Branche aus. Ich wartete darauf, daß Saunières ein paar Namen nennen würde. Er nannte aber keinen.

Ich ging zu Fuß in die Rue Mogador zurück. Unterwegs ließ ich diejenigen meiner Bekannten Revue passieren, die von diesem Geschäft lebten. Ich hatte sie schon seit Jahren aus den Augen verloren... Doch da gab es noch Milo. Emilien Fergeat, genannt „Milo mit den weißen Zähnen", eine kleine Nummer in der Unterwelt. Er hatte mir schon so manchen wertvollen Tip gegeben. Noch vor einem halben Jahr hatte er sein Geld damit verdient, daß er den Touristen auf Montmartre winzige Reproduktionen von Gemälden verkaufte, ausschließlich Akte großer Meister. Wenn man sie hastig und im Dämmerlicht zeigte, konnten sie für „Ohlala" durchgehen.

Ich sollte Milo mal wieder besuchen.

* * *

Emilien Fergeats Bezirk war die Place Blanche, Ecke Rue Lepic. Als ich mich so gegen 23 Uhr dort einfand, erblickte ich zwar zwei seiner Kollegen, aber keinen Milo. Ich erkundigte mich nach ihm und erfuhr, daß er seit mehreren Tagen nicht mehr gesehen worden war. Ich beschloß, ihn zu Hause aufzusuchen. Vor sechs Monaten war seine Adresse das Hotel *Star* gewesen, in Barbès, Rue Belhomme.

Die Rue Belhomme, „Schöner Mann“, ist eine schlechte Bezeichnung. „Schöne Frauen“ würde besser passen. Die Straße ist ein wahres Dirnennest. Das Hotel *Star* ist ein „gemischtes Haus“, halb Stundenhotel, halb Pension.

Mir stieg der Gestank aus billigem Parfüm und Achselschweiß in die Nase. Der Treppenflur wurde von einer schwachen Birne schummrig beleuchtet. An der Rezeption stand ein Pomadenjüngling. Man hätte meinen können, daß auch er auf den Strich ging. Ausgeschlossen war das nicht. Ich fragte ihn nach Milo, und er verriet mir, daß mein Freund in der sechsten Etage wohne, Zimmer 18. Ich stieg die steile Treppe hinauf. Oben sah alles noch schäbiger aus als unten. Ich klopfte an die Tür Nr. 18.

„Was ist los?“ rief eine betrunkene Frauenstimme. Noch eine!

„Nestor Burma ist hier!“ schrie ich zurück. „Ein Freund von Milo.“

„Ach, Burma?“ brummte eine andere Stimme, die von Milo. „Mach auf, Mado.“

Mado gehorchte. Ihr wasserstoffblondes Haar war zerzaust. Eine Kippe hing an ihrer Unterlippe, die ebenfalls herunterhing. Der Morgenmantel, mit dem sie ihre üppigen Formen verbarg, klaffte auf. Ein Anisgeruch erfüllte die Luft.

Milo lag mit veilchenblauen Augen im Bett. Auch seine legendären weißen Zähne hatten etwas abgekriegt.

„Ja, sag mal!“ rief ich und setzte mich auf einen Stuhl, bemüht, den Büstenhalter, der über der Lehne hing, nicht plattzudrücken. „Bist du durch eine aufgeregte Menge Spießruten gelaufen?“

„So ungefähr. Hab mich vollaufen lassen, und die Flics haben mich eingesperrt. Am nächsten Morgen haben sie mich wieder laufenlassen, wahrscheinlich, weil sie mich nicht wiedererkannt haben. Hab über Nacht ein ganz andres Gesicht gekriegt. Scheiß-Polypen!"

„Reg dich nicht künstlich auf, Milo!" mischte sich die Blondine ein. „Hier, trink 'n Schluck! Wird dir guttun."

Sie reichte ihm den Pastis, den sie soeben gemixt hatte. Pastis um diese Uhrzeit! Ihre Uhr mußte stehengeblieben sein.

„Wolln Se auch einen, M'sieur?"

Warum eigentlich nicht. Andre Länder, andre Sitten. Man soll sich immer den Sitten der Gegend anpassen, in der man sich aufhält. Also Pastis in Barbès, mitten in der Nacht! Wir stießen an. Eis gab es keines, aber Krieg ist Krieg.

Die blonden Beine sehr hoch übereinandergeschlagen, eine Brust halb im Freien, so saß Mado auf der Bettkante und trank ihr Glas leer, als wär's Milch mit Honig. Das gleiche galt für Milo, jedenfalls was das Glas betraf.

Aus den Tiefen des Hotels drangen die Geräusche sündigen Treibens zu uns. Praktisch ohne Unterbrechung kullerte und gurgelte es in den Wasserleitungen, so daß der gesamte Bau erzitterte. In der Liebesfabrik herrschte Hochbetrieb. Von Zeit zu Zeit übertönte ein fernes Grollen den Lärm: Die Metro donnerte über die Brücke von Rochechouart.

„Nun, Milo", begann ich, „betreibst du immer noch das Geschäft mit deinen Nacktbildchen?"

„Natürlich, aber im Moment, mit dieser Fresse..."

„Genau deswegen bin ich hier. Wegen der Bildchen, meine ich."

„Ach! Sie interessieren sich für solche Fotos?"

„Sozusagen auf höherer Ebene, ja. Ich meine Fotos, die man als ‚Familiäre Freuden' bezeichnen könnte."

„Familiäre Freuden!" gluckste die Blonde. „Ist ja verrückt!"

„Moment!" rief Milo. „So was habe ich nicht auf Lager. Was ich hab, sind mißverstandene Akte."

„Aber du könntest mir einen Tip geben. Sollte mich wundern, wenn du keinen kennst, der auf der Porno-Masche rumreitet."

„Rumreitet ist gut", lachte Mado.

„Meinen Sie die, die Nacktfotos auf der Straße verkaufen?"

„Die und die Leute, die etwas höher auf der Leiter stehen."

„Tja, mein Lieber, solche Leute kenn ich nicht. Jetzt..."

Er verstummte, bettete seinen schmerzenden Körper auf die Matratze, schloß die geschwollenen Augenlider und schien zu lauschen.

„Das ist ja komisch", murmelte er mehr zu sich selbst.

Er wechselte die Stellung und stützte sich auf seinem Ellbogen auf.

„Sie suchen also Pornofotos?" fragte er grinsend.

„Mehr oder weniger."

„Hm... Hören Sie, Burma. Seit ich im Knast war, hab ich keinen Franc mehr verdient. Und ein paar Tage muß ich wohl noch ohne Arbeit auskommen. Außerdem werden mich die Flics in der nächsten Zeit vorladen. Widerstand gegen die Staatsgewalt oder so. Bestimmt hat sich einer der Uniformierten bei der Aktion den Fingernagel verbogen... Kurz und gut, ich brauche Geld. Vielleicht hab ich Ihnen was anzubieten."

„Einschlägige Fotos?"

„Haben Sie schon mal was von Marquini gehört?"

„Nein. Ist das einer deiner Kollegen?"

„Mit solchen Leuten gebe ich mich nicht ab! Ich kenn ihn eben, nur so, mehr nicht. Gut, also dieser Marquini wurde vor rund einem Monat umgebracht. Können Sie in der Zeitung nachlesen. Er kam aus einem Nachtclub, und ich kam zufällig grade vorbei. Hab die Jagd auf ihn mitgekriegt. Eingegriffen hab ich natürlich nicht. Marquini wurde auch ‚der Marquis' genannt, wie 'n Adliger. Wissen Sie, was das für einer war?"

„Nein."

Milo, der Meister des *suspense*!

„Sag du's ihm, Mado", forderte er seine Freundin auf. „Ich hol inzwischen etwas Luft. Mit meiner kaputten Visage kann ich ja kaum sprechen."

„Ein Drogenboß war das", sagte die Blondine. „Stand natürlich nicht auf seiner Visitenkarte, aber gewußt hat's jeder. Na ja, ich verrate Ihnen damit sicher nichts Neues, oder?"

Sie verriet mir in der Tat nicht viel. Das Ganze stank zehn Meilen gegen den Wind nach Bluff. Milo zog den Spaß ein wenig in die Länge, um mir soviel Geld wie möglich aus der Tasche zu ziehen. Wollte einfach abkassieren, das war alles. Während seine Freundin weiterredete, ohne etwas zu sagen, bereitete er in seinem Kopf den weiteren Verlauf des Gesprächs vor. Als er sich ausgeruht und Luft geholt und seine trockene Kehle mit Pastis angefeuchtet hatte, mischte er sich wieder ein:

„Ja, 'n Drogenboß! Ich weiß nicht, ob Sie im Bilde sind, was Rauschgift angeht, aber im Moment ist der Markt tot. Totale Flaute! Kurz, Rauschgift ist zur Zeit gleich Null! Deswegen hat sich der Marquis auf Nacktfotos geschmissen, in seinen letzten Tagen. Werd's Ihnen erklären. Wie gesagt, ich hab gesehen, wie er umgelegt wurde. Und da gab's ein Detail, von dem in den Blättern hinterher nicht die Rede war. Also, ich geh durch die Rue Fontaine, hör ein paar Schüsse, und zehn Meter weiter geht ein Mann zu Boden. Da wußte ich noch nicht, daß es der Marquis war. Der Tote hatte 'ne Tasche bei sich. Die rutscht über den Boden und geht auf. Und was meinen Sie, was drin war?"

„Brot, Wein und Käse?"

Mitleidig hob er die Schultern... und fluchte laut. Jede Bewegung mußte seinem malträtierten Körper wehtun.

„Sehr witzig, Burma... Nein, ein Stapel Fotos flog raus, direkt vor meine Füße. Gepfefferte Fotos, kann ich Ihnen sagen! Und da kreuzen auch schon die Flics auf, und ich hau ab. Am nächsten Morgen les ich in der Zeitung, daß der Tote Marquini war. Aber daß er Dealer war, stand nicht dabei. Auch von der Tasche war nicht die Rede. Finden Sie das nicht komisch?"

„Nicht besonders. Zeitungen werden von der ganzen Familie gelesen. Deswegen üben die Journalisten 'ne Art Selbstzensur aus."

„Ach so. Na schön... Sie interessieren sich für die Fotos,

ich kenne eine Geschichte und erzähl sie Ihnen. Mehr nicht. Scheint so, als würde Sie das nicht sonderlich begeistern. Glauben Sie, ich wollte Sie aufs Kreuz legen?"

„Jedenfalls versteh ich nicht, was das soll. Du meinst also, der Marquis hat sich auf Pornos verlegt, weil der Rauschgifthandel tot ist? Schön. Aber der Profit aus den beiden Geschäften läßt sich doch gar nicht miteinander vergleichen! Und wegen eines sauberen Coups mit schmutzigen Fotos soll man ihn um die Ecke gebracht haben?"

„Ich erzähl Ihnen nur, was ich gesehen hab."

„Ja, natürlich. Aber ich glaub eher, daß der Marquis wegen seiner Hauptbeschäftigung umgelegt worden ist. Vielleicht existiert hier und da noch ein Lager, es entsteht Neid, und rivalisierende Banden streiten sich um die Ware. Klar, wenn die Versorgungskanäle verstopft sind..."

„Ja, wahrscheinlich haben Sie recht. Aber trotzdem!"

Milo schüttelte nachdenklich den Kopf.

„Was wollte er mit der Fotosammlung? Bei dem ganzen Durcheinander damals..."

„Was für ein Durcheinander?"

„Hab ich Ihnen das nicht erzählt? Leute, die man noch nie hier gesehen hatte, weder Flics noch Ganoven, haben alles aufgekauft, was es an Pornos gab. Hab's von Kollegen gehört, die so was verkaufen. Alles wollten sie haben, auch zehn Jahre alte Fotos. Sind überall rumgelaufen, sogar bei Privatleuten. Na, und jetzt frag ich mich, ob der ganze Zauber vom Marquis veranstaltet wurde. Was halten Sie davon?"

„Nicht viel. Abwarten. Geht der Beutezug weiter?"

„Nein, die Leute sind wieder verschwunden. Aber der Marquis hat nicht alleine dahintergesteckt. Nachdem er erledigt war, wurde fleißig weitergekauft. Doch im Moment passiert nichts mehr. Werden wohl genug Bilder haben."

„Anzunehmen. Schön. Ich werd dir 'ne kleine Anzahlung auf die Informationen geben, die ich in Zukunft von dir kriegen werde... falls du mir behilflich sein willst. Morgen bring ich dir ein Foto. Du erkundigst dich bei deinen Freunden, woher es stammen könnte. Das ist alles, was ich wissen will."

„O. k., ich werd's versuchen. Aber versprechen kann ich Ihnen nichts."

Ich steckte ihm ein paar Scheinchen zu, verließ das *Star* und fuhr nach Hause. Als ich im Bett lag, hatte ich noch immer den Geruch des Stundenhotels in der Nase.

* * *

Am nächsten Morgen – Samstag – rief mich gegen zehn eine Frau vom *Photo-Schnellservice* an. Meine Fotos waren fertig. Eine halbe Stunde später war ich in der Rue Richepanse, wo mir die Frau einen dicken, fest verschlossenen Umschlag aushändigte. Zurück im Büro, überprüfte ich den Inhalt: fünf Abzüge von erstklassiger Qualität. Ich nahm eins der Fotos, steckte die anderen wieder in den Umschlag zurück und fuhr zum Hotel *Star*, auf die Gefahr hin, daß man mir wieder lauwarmen Pastis anbieten würde.

Seit dem Vorabend war keinerlei Veränderung in dem lädierten Zustand des kleinen Ganoven und der Aufmachung seiner Gangsterbraut festzustellen. Das Traumpaar aß gerade eine Kleinigkeit.

„Etwas Schweinefleisch?" fragte mich meine blonde Gastgeberin.

„Apropos Schweinerei", sagte ich. „Seht euch das mal an. Das ist das Foto, von dem ich gestern gesprochen habe."

Die beiden waren hellauf begeistert.

„Gelungen", urteilte Mado und goß sich etwas zu trinken ein.

„Stammt aus einer ganzen Serie", sagte Milo mit Kennermiene.

„Wenn es dir gelingt, die Serie zu finden", sagte ich, „und mir die Adresse des Produzenten zu verschaffen, kriegst du 'n hübsches Bündel Scheine. Wann beginnst du mit der Arbeit?"

„Heute abend."

„Gut. Ich laß dir den Abzug hier. Und meine Visitenkarte auch, für den Fall, daß du meine neue Adresse und Telefonnummer vergessen haben solltest."

Er schob das Kärtchen unters Kopfkissen. Das Foto legte er aber nicht aus der Hand.

„Kennst du die Personen auf dem Foto?" fragte ich noch.

Er kannte niemanden. Mado auch nicht. Ich verabschiedete mich.

* * *

Bisher hatte niemand versucht, mit mir wegen der Clarimontschen Jadefiguren in Kontakt zu treten. Ich wollte das nicht überbewerten – der Fall war von mittelmäßigem Interesse –, aber es war doch seltsam, daß sich die Geschichte nicht normal zu entwickeln schien. Ich rief den Arzt an, nur damit er nicht das Gefühl bekam, ich hätte ihn vergessen.

„Es läuft noch nicht wie vorgesehen", sagte ich. „Allerdings ist eine Leiche im Spiel, und das könnte die Diebe zur Vorsicht veranlassen. Es sei denn, Inspektor Sébastien hat recht und einer Ihrer Sammlerfreunde..."

Clarimont beharrte auf seiner Meinung, daß so was absurd sei. Um nicht sofort wieder aufzulegen, fragte ich ihn, ob er den Flic in der Zwischenzeit wiedergesehen habe. Nein, antwortete er, und außerdem habe er ihm auch schon alles gesagt. Wieder eine Gemeinsamkeit: Auch ich hatte Sébastien nichts zu sagen.

Wir legten auf, und ich widmete mich wieder dem geheimnisvollen Emilien Raphanel und seinem intimen Foto. Als Resultat meiner Überlegungen wählte ich die Telefonnummern meiner beiden Mitarbeiter Louis Reboul und Roger Zavatter und bestellte sie für Montagmorgen zu mir in die Agentur. Dann schrieb Hélène für mich folgenden Rohrpostbrief:

Lieber Monsieur Raphanel,
es ging schneller, als ich dachte. Ich verfolge eine vielverspre-

chende Spur. Wenn Sie Montag um 14 Uhr in mein Büro kommen, werde ich die Ehre haben, Sie mit jemandem bekanntzumachen.

Hochachtungsvoll
Nestor Burma

Es war etwas fadenscheinig, doch es konnte klappen. Jedenfalls würde die Reaktion – welche auch immer – höchst interessant sein.

6

Abzüge und komische Vögel

Montagmittag um 13 Uhr war alles für den Empfang von Etienne Raphanel vorbereitet. Hélène wußte, was sie zu tun hatte. Reboul und Zavatter saßen in einem Nebenraum des Vorzimmers, in das sie hineinsehen konnten, ohne selbst gesehen zu werden. Zavatters Motorroller – das ideale Verkehrsmittel für Beschattungen! – wartete im Innenhof darauf, daß sein Besitzer ihm die Sporen geben würde, und ich wartete in einem Bistro an der Place de la Trinité auf den Moment, da ich auf der Bildfläche erscheinen sollte.

Um 14 Uhr 15 kam Reboul zu mir, um mir mitzuteilen, daß es soweit sei. Raphanel sitze seit zehn Minuten oben in der Agentur, und Zavatter habe ihn fotografiert. Noch ein Foto!

Ich ging in die Agentur hinauf. Meine Rolle war es, den überbeschäftigten Privatdetektiv zu spielen, den ein dringender Fall unerwarteterweise, ausgerechnet im ungünstigsten Augenblick, länger als geplant außer Hause festgehalten hatte.

„Entschuldigen Sie, Monsieur Raphanel, aber ich habe Sie leider ganz umsonst herkommen lassen“, sagte ich.

Und ich servierte ihm mein kleines Lügenmärchen: Ich hätte eine Spur verfolgt... eine ausgezeichnete Spur, so habe es zunächst ausgesehen... Hätte jemanden erwartet, der ebenfalls hier sein solle... deswegen mein Brief... und dann, im letzten Moment... Tja, ich sei untröstlich.

„In den nächsten Tagen werden Sie mehr Glück haben“, tröstete mich Raphanel. „Ich wünsche es Ihnen... und hoffe es.“

Er verließ die Agentur.

In wenigen Stunden würde ich seinen wirklichen Namen und seine wirkliche Adresse kennen.

„Während Sie unseren Klienten abgespeist haben, wurde

vom ‚Photo-Schnellservice' angerufen. Saunières war selbst am Apparat. Sie sollen zurückrufen."

Das tat ich umgehend.

„Es geht um Ihr Foto, Burma", erklärte Saunières. „Samstag war ich nicht im Laden und konnte es Ihnen deshalb noch nicht erzählen. Bei der Arbeit habe ich nämlich etwas bemerkt... Haben Sie die Abzüge zur Hand? Dann verstehen Sie's sofort."

„Es kann losgehen", sagte ich, nachdem ich die Fotos vor mir ausgebreitet hatte.

„Eine der Frauen", begann Saunières, „die ganz rechts... Der Kopf gehört einer anderen. Das Foto ist retuschiert worden. Sehr gut gemacht zwar, aber ich hab's entdeckt..." Wollte wohl heißen: Und Sie, was haben Sie entdeckt, Sie Meisterdetektiv? „Eine Vertauschung von Köpfen. Da waren wohl ganz schlaue Köpfe am Werk, was?"

„Kann man so sagen! Danke für Ihren Hinweis."

Schlaue Köpfe!

Ja, jetzt, da ich darauf gestoßen worden war, entdeckte ich die ungewöhnliche Kopfhaltung der Frau ganz rechts. Jemand hatte der Dame auf dem Original ein anderes Gesicht verpaßt und dann das Foto abfotografiert. Warum dieser Schwindel? Zwei Antworten waren möglich: Entweder wollte er das Gesicht der Frau, die auf dem Bild posierte, verschwinden lassen; oder aber er wollte die Frau, der das neue Gesicht gehörte, kompromittieren. Ich dachte eine Weile über die beiden Möglichkeiten nach, ein Gedanke ergab den nächsten... Die Grübelei, die mich angesichts der Fotomontage befiel, erinnerte mich an das eigenartige Gefühl, das mich beim Lesen der letzten Artikel über den Mord an Prunier befallen hatte...

Zusammen mit Hélène las ich noch einmal die betreffenden Artikel im *Crépuscule*. Ziemlich schnell entdeckten wir, was in den letzten Ausgaben fehlte... und was auf den Filmseiten *zuviel* war. Ich schnappte mir das Telefon und rief Marc Covet im Crépu an.

„Oh, hallo!" rief er. „Was Neues in dem Jadefall?"

„Nein, bisher hat sich noch niemand gemeldet. Da mich das, was mich angeht, nicht genügend ausfüllt, kümmere ich mich ein wenig um das, was mich nichts angeht. Ich hätte gerne eine Information über Prunier, den Toten aus der Rue des Mariniers."

„Ach, sind Sie in der Sache ebenfalls tätig?"

„Nein. Pure Langeweile. Also: Der Kerl war Kameramann. In den ersten Artikeln steht das, in den letzten steht das nicht mehr drin. Gibt's dafür 'ne Erklärung?"

„Vielleicht... Keine Ahnung."

„Darf ich Ihnen eine liefern?"

„Warum nicht? Für einen Fall, der Sie nicht interessiert, interessieren Sie sich aber ziemlich stark... Na, los!"

„Nehmen wir einmal an, daß Prunier für eine bestimmte Produktionsfirma als Kameramann gearbeitet hat und daß diese Firma nicht möchte, daß das bekannt wird. Man könnte der Produktionsfirma sogar einen Namen geben: *Costerbaum-Filmax*. Ich habe gesehen, daß Sie mit Werbeanzeigen für einen Film mit Rita Cargelo, der nicht vor Oktober gedreht wird, gepflastert sind. Ich meine natürlich nicht Sie, sondern Ihr Käseblatt. Oktober ist noch weit weg, und die Anzeigen haben keinen rechten Sinn... Es sei denn... Es gibt so etwas wie einen Schweige-Etat bei jeder Firma... Sie sagen ja gar nichts, Covet!"

„Schweige-Etat!" lachte der Journalist. „Fahren Sie fort, Burma! Sie haben wirklich eine ganz spezielle Art, Hühnerdiebe zu entlarven."

„Stimmt! Warum nun will Costerdingsbums geheimhalten, daß dieser Prunier nicht nur Kameramann, sondern Kameramann bei Costerdings war? Weil Prunier eine zwielichtige Gestalt war, und weil schon der bloße Kontakt zu ihm einen in Mißkredit brachte. Die Ermittlungen der Polizei kommen nicht vom Fleck, das weiß ich. Aber möglicherweise haben die Flics etwas rausgekriegt, was die Presse mit... ja, mit Stillschweigen eben übergeht."

„O.k., Burma, Sie haben gewonnen. Und da Sie sich nicht für den Fall interessieren, kann ich Ihnen ja alles erzählen. Ja, Prunier war bei *Costerbaum* beschäftigt. Ja, die Flics haben was rausgekriegt. Und zwar fast sofort, gleich, nachdem sie die Fingerabdrücke des Toten in der Hand hatten. Er war ein alter Bekannter von ihnen. Vor rund zehn Jahren war er in einen Fall verwickelt, bei dem es um die Herstellung und den Vertrieb von Pornofilmen ging."

„Ach! Sehr schön."

„Ja, sie sollen tatsächlich sehr schön gewesen sein, die Filmchen. Nun, verstehen Sie? *Costerbaum* legt keinen besonderen Wert darauf, daß übelwollende Geister – und daran fehlt es nicht! – auf den Gedanken kommen könnten, daß jetzt, da Prunier ja für sie gearbeitet hat, die Firma mit Pornos ihr Geld macht. Zwar hat sich Prunier seit der Geschichte damals nichts mehr zuschulden kommen lassen, aber trotzdem... Andererseits, warum hätten wir über diese unselige Affäre von damals berichten sollen? Daß wir sie mit Stillschweigen übergangen haben, wie Sie sagen, schadet den laufenden Ermittlungen nicht, und vom moralischen Standpunkt aus gesehen..."

„Was haben Sie da gerade gesagt?"

„Vom moralischen Standpunkt aus", lachte Covet. „Ich weiß nicht genau, was das bedeutet. Wissen Sie, das sind so Allgemeinplätze, fix und fertig für den Gebrauch! Wir haben davon 'n ganzes Lager vorrätig... Möchten Sie noch etwas anderes von mir wissen?"

„Nein, das reicht für den Augenblick. Tausend Dank."

„Keine Ursache. Eine Hand... Sie wissen schon. Sollten Sie etwas rauskriegen, das sich zur Veröffentlichung eignet, lassen Sie's mich wissen."

„Worüber sollte ich was rauskriegen?"

„Über irgendeinen Fall, für den Sie sich nicht interessieren. Sie scheinen sich verdammt gut in solchen uninteressanten Fällen auszukennen."

Wir lachten uns durch die Leitung gegenseitig an oder aus,

dann legten wir auf. Hélène hängte die Hörmuschel ein, durch die sie alles mitangehört hatte.

„Dieser verdammte Prunier, was?“ sagte sie.

„Ja! Da haben wir endlich eine Verbindung, auch wenn sie noch so wacklig ist, zwischen ihm und Raphanel. Ich...“

Das Läuten des Telefons unterbrach mich.

„Hallo!“

„Nestor Burma?“

Die Stimme war die eines schüchternen Mädchens, zart und schwach. Sie erreichte kaum mein Ohr.

„Ja, persönlich am Apparat.“

„Guten Tag, Monsieur. Hier ist Simone Coulon.“

„Ach!“

Mehr fiel mir dazu nicht ein. Ich hatte eine dunkle Vorahnung.

„Mein Vater hatte Sie damit beauftragt, mich wiederzufinden, nicht wahr? Ich habe ein wenig in seinen Unterlagen herumgeschnüffelt.“

„Sie sind ein böses Mädchen.“

„Ich habe eine Notiz gefunden, die beweist, daß er Sie angerufen hat.“

„Ja, hat er. Sie waren verlorengegangen. Ich habe Sie wiedergefunden.“

„Ich habe auch Zeitung gelesen“, fuhr sie fort. „Man hat sie vor mir versteckt, aber ich habe sie gelesen. Na ja, eine hab ich gelesen. Sie lag in der Küche herum, man hatte grüne Bohnen darin eingewickelt. Und in einem Artikel...“

Ich fühlte mich gar nicht wohl in meiner Haut. Am liebsten hätte ich jetzt gerne einen Gemüsehändler angeschnauzt.

„Ich habe ihn getötet, nicht wahr?“ stieß sie hervor, und in dem schwachen Stimmchen lag plötzlich eine entsetzliche Panik.

* * *

Die Kleine hatte mir versichert, sie sei alleine in der Rue Ribera. Doch als Hélène und ich dort eintrafen, war es Vater Coulon, der uns die Tür öffnete.

„Großer Gott, Burma!“ rief er. „Sie hat meine Abwesenheit ausgenutzt, um Sie anzurufen, was?“

„Seien Sie unbesorgt“, erwiderte ich. „Das biegen wir schon wieder hin. Am Telefon hörte Simone sich ziemlich durcheinander an, deswegen hab ich ihr vorgeschlagen, daß wir uns miteinander unterhalten... Ich darf Ihnen meine Sekretärin vorstellen, Mademoiselle Chatelain.“

„Angenehm“, murmelte der Dicke mechanisch.

Er führte uns in den Salon.

„Nun“, begann ich, nachdem wir uns gesetzt hatten, „Sie wissen, was sich Ihre Tochter einbildet? Wir müssen ihr diese fixe Idee ausreden, in ihrem eigenen Interesse... und in unserem. Bisher haben die Flics Sie nicht aufgesucht, aber wenn Simone anfängt zu quatschen, trifft das bestimmt auf keine tauben Ohren. Sagen Sie, was ist seit jener Nacht eigentlich geschehen?“

„Nichts. Was soll schon geschehen sein? Paul... Ich meine, Dr. Clarimont hat sie am nächsten Tag zu Dr. Moneglia bringen lassen, wie Sie ja wissen. Ein paar Tage später konnte ich mit ihr reden. Sie erinnerte sich an nichts mehr, machte sich aber Sorgen, weil sie nicht wußte, was mit ihr passiert war. Ich habe ihr irgendeine Geschichte erzählt, von einer Vergiftung, einem Unfall... Mein Gott, was habe ich mir da zusammengestottert!“

„Und damit ihre Unruhe noch verstärkt und ihr vielleicht auch diesen Floh ins Ohr gesetzt“, ergänzte ich.

„Kann schon sein“, brummte Coulon. „Eine Frau hätte sich ganz bestimmt besser aus der Affäre gezogen. Aber leider bin ich Witwer... Nun, am Samstag darauf meinten die Ärzte, Simone könnte entlassen werden. Zu Hause hat sie dann diese verdammte Zeitung in die Finger gekriegt. Genau die Seite, die sie nicht sehen sollte! Dabei habe ich alles verschwinden lassen, was über den Fall geschrieben worden ist... Und jetzt... Oh, mein armes Kind!“

Er stand auf. Hélène blickte zur Tür. Ich sah in dieselbe Richtung und stand ebenfalls auf.

Im Rahmen der Verbindungstür stand Simone, in einen Morgenmantel gehüllt. Ungeschminkt und blaß, mit Ringen unter den Augen, sah sie dennoch recht munter aus.

„Oh, guten Tag noch einmal, Mademoiselle“, sagte ich und setzte mein gewinnendstes Lächeln auf. „Ich bin Nestor Burma, der Mann, der junge Mädchen aus der Tinte zieht, in der sie sitzen. Also, was soll der Quatsch? Warum halten Sie sich für eine Mörderin? Hören Sie, ich weiß viel mehr über den Fall als Sie. Vor allem weiß ich, daß Sie nichts damit zu tun haben. Wenn ich nicht davon überzeugt wäre, hätte ich das nicht getan, was ich getan habe.“

„Ach ja?“ erwiderte sie. „Und warum versteckt man die Zeitungen vor mir, wenn ich unschuldig bin?“

„Man wollte Sie schonen. Ihr Vater hätte Ihnen später, sobald es Ihr Zustand erlaubt hätte, alles erzählt. Aber da Sie den Ereignissen schon einmal vorgegriffen haben, wird Ihnen Hélène, meine Sekretärin, alles erklären. Es ist keine lustige Geschichte, aber so tragisch, wie Sie vermuten, ist sie auch wieder nicht. Jedenfalls nicht für Sie.“

„Genau!“ bekräftigte Vater Coulon. „Geh mit Mademoiselle auf dein Zimmer, Simone, ja?“

Sie nickte, und die beiden jungen Frauen gingen hinaus.

„Glauben Sie, Ihre Sekretärin wird sie von ihrer Unschuld überzeugen können?“ fragte Coulon unsicher, als wir alleine waren.

„Sie wird's versuchen. Hélène ist sehr klug.“

„Verdammt nochmal! Diese Scheiß-Filmerei!“ fauchte er. „Morgen fahren wir aufs Land, das ist beschlossene Sache. Ich hab ein Haus in Eure-et-Loire, da gibt es nicht mal 'n Kino! Wir werden uns dort niederlassen, bis Simone alles vergessen hat, bis sie wieder normal ist... Diese Leute vom Film! Diese verdammten Filmfritzen! Rita Cargelo ist eine nette Frau, aber ich werd sie am Ende noch hassen, das fühle ich.“

„Warum? Sie hat mit dem Abenteuer Ihrer Tochter nichts

zu tun. Sie selbst haben mir doch gesagt, daß sie alles getan hat, um Simone von der Filmidee abzubringen."

„Ja, ja... Trotzdem! Was hat Sie dazu gebracht, Burma, Rita in Cannes anzurufen, um ihr zu erzählen, daß Simone wieder zu Hause ist? Sofort hat sie bei mir angerufen. Und ich Blödmann verrate ihr auch noch, daß Simone deprimiert ist..."

Ich unterdrückte einen Stoßseufzer. Dank dieser Coulons, Vater wie Tochter, ihrem Verhalten und ihrem Gequatsche, würde ich bald im Knast landen!

„Ohne Einzelheiten zu erwähnen, selbstverständlich", fuhr der Dicke fort. Zum Glück, dachte ich. „Rita ist eine nette Frau, wie gesagt, aber sie vergißt, was sie für Simone bedeutet. Sie will doch tatsächlich, daß ich sie ihr anvertraue! Was Simone fehle, sei eine Mutter, behauptet sie. Oder jemand, der diese Stelle einnimmt. Meinetwegen. Irgendeine Frau, aber keinen Filmstar! Ich will nicht, daß jemand, der mit dem Film zu tun hat, in die Nähe meiner Tochter kommt. Hab die Schnauze gestrichen voll, vom Film und..."

Ich ließ den Dicken seine Filmphobie frei ausleben.

Unterdessen kamen Hélène und Simone zu uns zurück. Simone machte einen verstörten Eindruck, doch war aus ihrem Blick die Furcht gewichen, die ich eben noch bei ihr bemerkt hatte. Jegliche Gefahr, daß die Kleine aus eingebildeten Schuldgefühlen heraus Dummheiten begehen würde, schien gebannt.

Auf der Rückfahrt zur Agentur erstattete Hélène Bericht:

„Die trübe Brühe hat sich einerseits aufgeklärt, ist aber andererseits noch trüber geworden", sagte sie. „Tier, Pflanze oder Mineral? Ist Pruniers Mörder ein Mann oder eine Frau? Ist die Person, die Sie in jener Nacht angerufen hat, männlich, weiblich oder ein Neutrum? Eine Frau ist auf jeden Fall mit im Spiel... Aber fangen wir ganz von vorne an: Nachdem ich die Kleine von ihrer Unschuld überzeugt hatte – wie ich hoffe! –, ließ ich mir von ihr die Vorgeschichte ihres Abenteuers erzählen. Sie hat Prunier vor ein paar Monaten in den Costerbaum-Studios kennengelernt, als sie Rita Cargelo wieder einmal besuchte. Die Schauspielerin und der Kameramann arbeiteten nämlich am selben Film. Ich hab Simone gefragt, ob Rita Cargelo wisse, daß sie Prunier dort kennengelernt habe. Nun, Mademoiselle Cargelo weiß es nicht. Simone hat sich vor ihr versteckt. Und nicht nur vor ihr. Wenn ich's richtig verstanden habe, hat sie sich vor allen Leuten versteckt."

„Auf Veranlassung von Prunier?"

„Das weiß ich nicht. Das Ganze ist ziemlich konfus."

„Erzählen Sie weiter."

„Prunier hat sie mit Schmus besoffen gemacht, und als sie soweit war, hat er sie überredet, zu ihm nach Hause mitzukommen, hat ihr den Brief an den Vater diktiert usw. Der Kerl hat ihr versprochen, ein paar Probeaufnahmen zu machen und dann mit ihr zum Festival nach Cannes zu fahren. Großartige Pläne also! Anfangs lief es auch sehr gut. Tagsüber wurde gearbeitet, nachts getrennt geschlafen... Kurz und gut, Prunier benahm sich einwandfrei. Am Sonntag vor jenem Montag veränderte sich die Situation. Nach und nach verlor das Mädchen den Überblick, in ihrer Erinnerung gerät alles durcheinander."

„Hat Prunier versucht, ihr Rauschgift zu geben?"

„Wahrscheinlich. Und nun kommen wir zu der geheimnisvollen Frau. Eines Tages... oder eines Nachts... Wann? Simone weiß es nicht mehr, aber Sie werden gleich sehen, daß es sich nur um den Montag handeln kann... Simone hört so was wie zwei Schüsse – ‚Es knallte zweimal', sagte sie, ‚wie Knallkörper am 14. Juli' – und eine Frau steht im Zimmer. Vor den Schüssen oder hinterher? Großes Geheimnis."

„Wie sah die Frau aus?"

„Keine genauen Angaben, außer daß sie eine Glatze hatte."

„Die Frau hatte eine Glatze?"

„Mal so kahl wie ein Ei, mal mit Haaren Typ ‚Löwenmähne'."

„Und sonst?"

„Elegant und alt. Das letzte Detail muß nicht stimmen. Simone ist neunzehn. In ihren Augen bin ich eine Antiquität.

Und außerdem stand sie unter Rauschgift. Vielleicht handelt es sich sowieso nur um eine Halluzination."

„Vielleicht auch nicht. Die kahlköpfige Frau kann bei ihrem Kampf mit Prunier ihre Perücke verloren und sie sich dann wieder auf die Glatze gesetzt haben. Sonst noch was?"

„Nichts. Als Simone die Frau vor sich sah, war sie schon so gut wie hinüber. Und danach, tja, danach war sie vollkommen *high*. Kohlrabenschwarze Nacht."

* * *

Auch in der Agentur *Fiat Lux*, Direktor Nestor Burma, wurde es kurz darauf kohlrabenschwarz, als Reboul und Zavatter aufkreuzten. Ich brauchte sie gar nicht nach dem Erfolg ihrer Beschattung zu fragen. Ein Blick in ihr Gesicht genügte, um Bescheid zu wissen: Raphanel war ihnen durch die Lappen gegangen.

„Nicht im Auto", erklärte Zavatter kurz und knapp. „Sonst hätten wir die Nummer notiert, und mit der Nummer... Nein, zu Fuß. Stadtbummel. Er ist mit uns sozusagen spazierengegangen. Ein Bistro, ein Café, ein Geschäft. Dann ein Taxi. Adresse: Avenue Niel. Ende der Taxifahrt in der Nähe der Rue Bayen. Ein Gebäude mit..."

Ich übernahm die Vollendung des Satzes:

„Mit zwei Eingängen."

„Mit dreien!"

„Prima!"

„Prima?"

Sofort sprach er wieder normal:

„Also wirklich, prima! Man braucht nicht viel, um Sie glücklich zu machen."

„Doch, das ist prima", wiederholte ich. „Dadurch, daß er Sie abgehängt hat, liefert er den Beweis dafür, daß er weder Raphanel heißt noch in der Rue de Coulmiers wohnt. Und daß er seinen wirklichen Namen und seine Adresse vor uns geheimhalten will. Ein vorsichtiger Mensch. Voller Mißtrauen.

Aber noch ist er für uns nicht verloren. Es sei denn, wir hören nie wieder was von ihm ... was ich nicht glaube. Jetzt ist es zu spät, um noch etwas zu unternehmen. Meine Herren, Sie können sich zurückziehen!"

Reboul und Zavatter verabschiedeten sich, und ein wenig später ging auch Hélène.

Noch ein wenig später, nachdem ich gegessen hatte und die Nacht hereingebrochen war, hatte ich eine Idee: Ich wollte einen kleinen Bummel durch die Rue de Coulmiers machen.

* * *

Das Haus, das Etienne Raphanel als Adresse angegeben hatte, besaß drei Etagen. Die oberste war höher als die übrigen und verglast, wie ein Maleratelier. Das Concierges-Ehepaar – junge Leute, mit einem kleinen Schreihals gesegnet, den man schon an der Place Denfert hörte – hatte diesen Posten wohl aus purem Mitleid seitens des Hauseigentümers bekommen. Die beiden sahen wirklich nicht wie ein Concierges-Ehepaar aus. Das konnte ich mit einem Blick durch die Scheibe ihrer kleinen Wohnung feststellen. Ich wollte sie nicht stören, und das war auch gar nicht nötig. Ein gut sichtbares Schild gab mir Auskunft: *Suzanne Larcher, 3. Etage, Atelier.* Mademoiselle Larcher mußte viel Besuch empfangen, deswegen brauchte sie wohl ein eigenes Schild. Auf meinem Schleichweg zur Treppe warf ich einen Blick auf die Briefkästen. Einer, der nicht in die Reihe der anderen paßte, trug die Aufschrift *Raphanel.*

Ich ging die leicht ausgetretenen Stufen hinauf. Erste Etage. Ein Pappschild an der rechten Tür besagte, daß hier ein Monsieur Goudard wohnte. An der linken Tür prangte ein Messingschild: *Tanguy* (der aus dem Telefonbuch). In der zweiten Etage stand an der rechten Tür nichts, aber an der linken hing die wortkarge Visitenkarte von Etienne Raphanel. Sieh an, sieh an! „Einen Raphanel gibt es bei uns nicht", hatte Suzanne Larcher gesagt.

Dritte Etage, Atelier. Eine kleine Schiefertafel war mit einem riesigen Nagel an der Tür befestigt, und an dem Nagel hing ein Stück rosafarbene Kreide an einem Bindfaden. „Tretet ein, ohne anzuklopfen, liebe Leute", stand auf einer zweiten Schiefertafel.

Ich trat ein, ohne anzuklopfen. Das Atelier sah aus wie ein Atelier. Eine hohe Stehlampe mit breitem Schirm tauchte es in grelles Licht. Ein menschliches Wesen war nicht in Sicht. Schiff ahoi! Ich wollte schon die immer gleiche und immer gleich blöde Frage: „Ist jemand da?" stellen, als eine Stimme aus der Loggia rief:

„Ich komme sofort!"

Ich nahm meinen Hut ab und blickte auf. Eine etwas überdurchschnittlich große Frau mit guter Figur in hautenger Hose und weiter Bluse kam barfuß die Treppe herunter, ein Glas in jeder Hand und eine Flasche unter dem Arm. Sie mußte die Vierzig schon überschritten haben, doch das sollte mir erst auffallen, wenn sie direkt vor mir stehen würde. Im Augenblick bemerkte ich vor allem ihre blau gefärbten Haare. Ihr Kopf erinnerte mich an einen blauen Wolf (dabei ist doch immer vom weißen Wolf die Rede!). Bestimmt trug sie eine Perücke.

Inzwischen hatte Mademoiselle Larcher ihre bistrokratischen Utensilien auf den Tisch gestellt. Lächelnd kam sie auf mich zu und streckte mir ihre Hand entgegen, lebhaft und munter wie ein Kolibri, verteufelt verführerisch.

„Guten Tag!" begrüßte sie mich.

Ihre Stimme war rauh von dem, was sie früher und was sie kürzlich getrunken hatte. Jedenfalls klang sie genau richtig, um Interesse zu wecken. Ein Schuß Sinnlichkeit lag auch drin.

„Ich kenne Sie nicht, aber Sie sind doch sicher der Freund der Favelles, mit dem sie sich hier treffen wollten. Später gehen wir dann gemeinsam zu Demougin. Also, herzlich willkommen! Haben Sie auch einen Namen?"

„Ich habe mehrere. Deshalb weiß ich auch nicht mehr, unter welchem ich mich Ihnen vorgestellt habe. Sie erinnern sich, Freitag am Telefon?"

Ihre blauen Augen – passend zu den Haaren – mit den roten Äderchen im Weißen leuchteten auf und zwinkerten mir amüsiert zu.

„Sie haben mich letzten Freitag angerufen?“

„Ja, wegen Raphanel.“

„Ach, Sie waren das!“

„Ja, ich war das. Und ich bin auch kein Freund der Favelles. Hab den Namen noch nie gehört.“

Sie brach in lautes Gelächter aus.

„Herrlich! Raphanel, ja! Was für eine Geschichte! Dann haben Sie sich also unter falschem Namen gemeldet? Sie sind ein Lügner!“

„Und Sie sind eine Lügnerin. Warum haben Sie mir das Märchen erzählt? ‚Einen Raphanel gibt es bei uns nicht‘ und so... In der Zwischenzeit hab ich nämlich das Gegenteil festgestellt. Er wohnt in der zweiten Etage, direkt unter Ihnen.“

Sie schüttelte den Kopf, was ihre Ohrringe zum Klingen brachte. Nein, sie verlor nicht die Fassung und musterte mich mit spöttischem Blick.

„Ich werd's Ihnen erklären“, sagte sie. „Setzen wir uns.“

Das Glas in ihrer Hand sollte wohl für größere Klarheit sorgen.

Sie fing an zu erklären:

Als sie mich angerufen hatte, wußte sie tatsächlich nichts von einem Raphanel hier im Haus. Am nächsten Tag dann war ihr ein zusätzlicher Briefkasten mit dem Namen aufgefallen, der auch auf der Visitenkarte an der Tür in der zweiten Etage stand.

„Die Wohnung ist immer mehr oder weniger unbewohnt“, fuhr sie fort. „Ich glaube, der Eigentümer hat sie reserviert. Nicht für sich selbst, sondern für Notfälle. Für Leute, die plötzlich auf der Straße sitzen, was weiß ich! In den zehn Jahren, die ich jetzt hier wohne, hat sie schon mehrmals als Übergang gedient. Um auf Ihren Raphanel zurückzukommen: Er muß genau am vorigen Freitag eingezogen sein... Freitag war ich übrigens sternhagelvoll...“

Sie warf mir einen Blick über den Rand ihres Glases zu. „Konnte ich Sie von meiner Aufrichtigkeit überzeugen?"

„Ja, das paßt alles genau zu dem, was ich mir gedacht habe. Wie heißt Ihr Vermieter?"

Sie warf mir wieder einen spöttischen Blick zu.

„Immobilienbüro Chambon, Avenue du Maine. Genügt das? Keine weiteren Fragen? Möchten Sie nicht wissen, welche Farbe mein Strumpfhalter hat?"

„Warum sollte ich das nicht wissen wollen? Also: Welche Farbe?"

„Lila. Genauer gesagt: veilchenblau."

„Veilchenblau! Ein hübsches Wort. Und das, was es bezeichnet, ist es bestimmt auch. Darf man mal sehen?"

„Warum sollte man nicht sehen dürfen?"

Sie lachte auf, stellte ihr Glas auf den Tisch, stand auf und lief die Treppe hinauf. Irgend etwas schoß von dem oberen Treppengeländer durch die Luft auf mich zu und wickelte sich beinahe um meinen Hals. Ich nahm es in die Hand: Es war ein neckisches, winziges Dessous, duftig und zart, in der angegebenen Farbe. Es duftete gut. Ich hielt es immer noch in der Hand, als Suzanne zurückkam und es mir wegnahm. Lachend stand sie vor mir und bemerkte ironisch:

„Enttäuscht, was? Haben Sie etwa gehofft, Sie könnten den Strumpfhalter an meinem Körper bewundern? Nichts da! Er lag oben auf dem Bett. Ich brauche weder Strümpfe noch Strumpfhalter, wenn wir zu Demougin gehen. Eine Hose werde ich anziehen! Ich... Apropos... Sie sehen aus wie ein richtiger Mann... Doch, doch! Ich sag das nicht, um Ihnen zu schmeicheln. Was halten Sie als Mann von der Hosenmode für uns Frauen?"

„Ein großer Fehler! Ich liebe weibliche Frauen, mit hauchdünnen Strümpfen mit Naht. Leider werden immer weniger Strümpfe mit Naht getragen. Entschuldigen Sie, aber ich bin ein altmodischer Mensch."

„Aber nein, aber nein! Auch ich hasse diese Hosen! Aber noch mehr verabscheue ich die Typen, die ihre Hände nicht bei sich behalten können. Und bei Demougin gibt's 'ne Menge unbekannter Hände, gegen die man sich wehren muß. Richtige Klaviervirtuosen-Hände! Und jetzt Schluß mit dem Unsinn... Sie sind ein großer Lügner, ein noch größerer Aushorcher, und außerdem sind Sie unhöflich! Haben mir immer noch nicht gesagt, wie Sie heißen. Aber irgend etwas flüstert mir ein, daß ich es bald erfahren werde."

So munter drauflos plappernd, hielt sie den Strumpfhalter an beiden Händen hoch und wirbelte ihn um die eigene Achse. Dann hob sie ihn über den Kopf, tänzelte ein wenig hin und her und... hopp! Zu spät erkannte ich das Manöver. Plötzlich stand sie hinter mir und führte mir mit dem seidenen, parfümierten Etwas die Nummer von Vater Gouffé vor – das war der, der sich dann später in einem großen Koffer wiederfand –, wobei sie sich vor Lachen schüttelte. Der Heiterkeitsausbruch schwächte ein wenig ihre Kräfte. Ich konnte mich zur Wehr setzen. Ergebnis: Der Strumpfhalter riß in zwei Teile, und wir wälzten uns auf dem Boden. Wir waren derart ineinander verkeilt, daß wir jeder die Brust des anderen in der Hand hielten. Sie, um meine Brieftasche zu klauen, nehme ich an; und ich einfach nur so, ich weiß nicht warum, vielleicht zum Zeitvertreib.

„Hören Sie auf!" flehte sie. „Hören Sie auf!"

Sie erstickte beinahe vor Lachen, so kitzlig war sie. Und dann schien sie tatsächlich zu ersticken: Sie hatte etwas unter meiner Jacke ertastet... Sie befreite sich von mir, richtete sich auf und lehnte sich keuchend gegen das Geländer der Treppe, die zur Loggia hinaufführte.

Ich erhob mich ebenfalls vom Boden... und mein Revolver fiel auf die beiden Teile des Strumpfhalters. Jetzt war ich mit Lachen an der Reihe. Ich hob die Waffe auf und steckte sie ein. Larcher-Burma, das lachende Duett von der Porte de Châtillon!

„Also, sagen Sie mal! Eine Kanone!" rief meine Partnerin. „Sie schleppen eine Kanone mit sich rum! Wirklich, ein komischer Heiliger sind Sie!"

Sie kriegte sich bald wieder ein. Suzanne war nämlich auch eine komische Heilige! Keine Spur von kaltem Schauer über den Rücken, keine Panik in den Augen. Stattdessen fing sie wieder an zu lachen.

„Sind Sie etwa ein Gangster?“ fragte sie.

Als Antwort hielt ich ihr meine Brieftasche hin.

„Das wollten Sie doch, oder? Los, sehen Sie selbst nach, wer ich bin!“

Neugierig kam sie meiner Aufforderung nach und untersuchte meine Identität.

„Soso, Nestor Burma von der Agentur *Fiat Lux!* Also, das fehlte mir noch in meiner Sammlung... Privatflics gab es bisher nicht in meinem Museum für Bekloppte!“

„Ein Privatdetektiv ist kein Bekloppter“, protestierte ich.

„Nur keine falsche Bescheidenheit, Monsieur Burma! Los, begießen wir unsere Kontaktaufnahme!“

„Kontakt ist das richtige Wort.“

Sie gab mir meine Brieftasche zurück und goß beide Gläser voll.

„Böse?“ fragte sie.

„Überhaupt nicht.“

„Bravo! Aber Sie müssen verstehen... Es sah so aus, als wollten Sie auf keinen Fall Ihren Namen nennen. Und Ihre Fragerei ging mir so langsam auf die Nerven. Schließlich bin ich hier in meinen eigenen vier Wänden! Ihr Verhalten... Burma“, sagte sie verträumt und rückte ihren Büstenhalter, der bei unserer Balgerei verrutscht war, wieder zurecht. „Nestor Burma... Ich glaube, ich hab Ihren Namen in der Zeitung gelesen.“

„Affäre Clarimont“, half ich nach.

„Genau! Ein Arzt aus Sceaux, dem man seine Jadefiguren geklaut hat.“

Sie sah auf ihre zierliche Armbanduhr.

„Wo bleiben denn die Favelles?... Sagen Sie, warum kommen Sie nicht mit uns, zu Demougin?“

„Ja, warum eigentlich nicht?“

„Abgemacht: Ich lade Sie ein!"

In diesem Augenblick wurde die Tür geöffnet. Ein junger Mann trat ein, rot im Gesicht, wie frisch vom Lande. Er war der Freund – ein gewisser Jourdin –, mit dem sich die Favelles hier verabredet hatten. Verstohlen sah der junge Mann auf den kaputten Strumpfhalter, der immer noch auf dem Boden lag. ‚Bei diesen Künstlern, da passieren aber auch Sachen!', mußte er wohl denken.

Die blauhaarige Malerin bot auch ihm ein Gläschen an. Dann hob sie das neckische Kleidungsstück auf und warf es in den Papierkorb.

Endlich kamen auch die Favelles hereinspaziert. Kein Kommentar nötig. Die üblichen Verrückten von Montparnasse. Händeschütteln. Stammeln. Gegenseitiges Vorstellen. Begrüßungstrunk, wie gehabt. Danach die Frage, wie wir zu Demougin in die Rue Froidevaux kommen sollten. Zu Fuß oder mit dem Taxi? Ich sagte, daß mein Wagen vor der Tür stehe.

* * *

In Demougins Atelier – es sah ganz so aus, als ob der Meister nicht darauf angewiesen wäre, seine Werke zu verkaufen, um sein tägliches Brot bezahlen zu können – war die Party in vollem Gange. Die Gäste waren schon halb blau. Das Buffet brach fast unter ihrem Ansturm zusammen. Radio und Grammophon plärrten gegeneinander an. Wir waren schon eine ganze Weile da, als jemand den Lärm übertönte:

„He, ihr schrägen Vögel, hört der Krach bald auf?!"

Alle Blicke richteten sich auf die Tür, von der der Anpfiff kam. Im Rahmen stand ein leibhaftiger Gammler.

„Hey, Charlie!" schrie Demougin, der Hausherr, zurück. „Sei kein Frosch und mach mit!"

Elegant schickte Charlie uns alle zum Teufel, drehte sich um und schlug die Tür hinter sich zu.

„Lauf hinterher, Suzy!" rief Demougin. „Möchte wetten,

daß der Jesus seit zwei Tagen nichts mehr auf die Gabel gekriegt hat."

„Kommen Sie!" forderte Suzanne Larcher mich auf. „Sie werden was Lustiges zu sehen bekommen."

Ich gehorchte ihr. Doch ich bekam nichts Lustiges zu sehen, ich sah überhaupt nichts. Charlie hauste am Ende des Flures. Er hatte sich verbarrikadiert und antwortete auf unser Klopfen und Rufen nur mit verschiedenen Beleidigungen und Flüchen. Wir gaben es auf und gingen zurück in Demougins Atelier, um den Mißerfolg unserer Mission einzugestehen. Keiner der Gäste schien sonderlich betrübt.

„Dann wird er sich eben mit seinen Bildchen vergnügen müssen", sagte jemand.

Wissendes Gelächter war die Antwort.

„Bildchen?" fragte ich.

„Das war das Lustige, was ich Ihnen versprochen hatte", erklärte Suzanne und reichte mir ein Glas. „Ich hätte Ihnen gerne die Fotos an seinen Wänden gezeigt. Aber vielleicht ist es besser, daß Sie nichts gesehen haben. Ist wirklich nicht barmherzig, und lustig ist es schon gar nicht."

„Fotos?"

„Von Schauspielerinnen. Theater und Film. Mit erstaunlichen Widmungen!"

„Im Ernst? Kaum zu glauben, bei seinem Aufzug! Hat man ihn verkackeiert, oder hat er die Widmungen selbst draufgeschrieben?"

„Genau das, er widmet sie sich selbst."

„Was?" Beinahe hätte ich mich verschluckt. „Ich wollte eigentlich nur 'n Witz machen."

„Und haben den Nagel auf den Kopf getroffen... Scheiße!"

Sie starrte auf ihr leeres Glas.

„Ich muß noch was zu trinken haben... Nein, dieser Charlie! Wie kann man sich nur so verkriechen? Er ist so alleine, daß er sich selbst 'ne Party geben muß. Aber verdammt nochmal! Wenn er merkt, daß er sich selbst bescheißt, dann muß er sich doch nur noch um so einsamer fühlen! Ich kann

Ihnen sagen, Verrückte gibt's! Und Charlie ist alles andere als lustig."

„'n Fall für 'n Psychiater ist der", näselte jemand neben uns, ein langer Kerl mit Fidel-Castro-Bart und einem Gesicht, das sich zum Unterschreiben von Manifesten eignete. „Hallo, Suz!"

Er musterte sie und verzog das Gesicht.

„Du hast 'ne Hose an? Das ist aber nicht nett von dir. Wir werden noch 'n Komplex kriegen… du und ich."

„Ja, den von Brüderchen und Schwesterchen", konterte sie. „Kennen Sie Trivaux, M'sieur Ness? Monsieur Trivaux ist Psychoanalytiker."

„Ich versuch's", sagte der Bärtige selbstgefällig. „Und was Charlie angeht…"

In reichlich nebulösen Begriffen beschrieb er die „affektive Affektion", an der Charlie litt, und redete von „Exhibitionismus als Schutzmechanismus".

„Das ist wie bei bestimmten Transvestiten. Oder wie bei denen, die die Bilder von anderen signieren. Klassischer Exhibitionismus. Übrigens ist jeder von uns entweder Exhibitionist oder Voyeur. Das ist dasselbe, nur andersherum. Inversion…"

„Und diejenigen, die Romane signieren, die andere geschrieben haben?" fragte ich dazwischen, um seinen Redeschwall zu stoppen.

Er blitzte mich wütend an, sein Bart zitterte.

„Sie halten sich wohl für sehr pfiffig, was? Von dem Problem der *Ghostwriter* rede ich nicht."

„Bitte keinen Okkultismus!"

Darauf konnte er nichts erwidern. Er drehte sich auf dem Absatz um und verschwand in der Menge. Suzanne Larcher prustete laut los.

„Also, ich hab für heute genug", sagte sie dann. „Begleiten Sie mich nach Hause? Da können wir *the last* trinken."

* * *

„Wie schön, nach Hause zu kommen!" seufzte sie, als wir wieder in der Rue de Coulmiers waren. „Mixen Sie uns eine Erfrischung? Ich geh schnell nach oben und zieh mich um. Hab das Gefühl, daß die Haut in diesen Beinkleidern nicht atmen kann."

Sie entschwand nach oben. Anstatt mich in einen Barkeeper zu verwandeln, verließ ich das Atelier und ging in die zweite Etage hinunter. Das alte Haus lag in tiefem Schlaf. Kein Laut unterbrach die Stille.

Ich steckte meinen Pfeifenreiniger-Dosenöffner in das Schloß der Tür, an der Raphanels Visitenkarte hing. Wenn er zu Hause war, würden wir etwas zu lachen bekommen. Es hätte mich aber gewundert. Das Ganze war doch ein Trick. Die Visitenkarte hatte nur den Zweck, den Briefkasten unten im Flur zu rechtfertigen. Eine kleine Inspektion der Wohnung konnte jedoch nicht schaden.

Das Schloß gab nach. Ich trat ein und ließ die Tür angelehnt. Drinnen war es dunkel und staubig. Die Dunkelheit klebte wie ein Fliegenfänger, und es stank förmlich nach Verwahrlosung. Der Strom war glücklicherweise nicht abgeschaltet. Ich machte Licht. Eine nackte Glühbirne beleuchtete einen Tisch und zwei Stühle, auf denen seit einhundert Jahren niemand mehr gesessen hatte. Und die Fenster samt Läden waren seit einhundertfünfzig Jahren nicht mehr geöffnet worden.

Ich besichtigte die anderen Zimmer. Überall das gleiche Bild. Plötzlich hatte ich das Gefühl, daß jemand hinter mir stand. Ich drehte mich um.

Suzanne Larcher, in einen Morgenrock gehüllt, stand in einer Verbindungstür und musterte mich mit amüsierter Verblüffung.

„Was für ein Kerl!" rief sie. „Kann man Sie denn keine zwei Minuten aus den Augen lassen? Hab mir doch gleich gedacht, daß Sie hier herumschnüffeln. Dieser Raphanel scheint Sie ja mächtig zu beschäftigen, was? Haben Sie denn einen Schlüssel?"

Ich legte einen Finger auf meinen Mund.
„Leiser! Sie wecken die Nachbarn auf."
„Dieses Haus hat dicke Wände. Aber sagen Sie mal... So eine Enttäuschung! Ein trostloser Anblick. So stellt man sich einen Tatort vor, nicht wahr?"
Schaudernd legte sie ihre Hand auf meinen Arm.
„Dann ist Raphanel also noch gar nicht eingezogen?"
„Sieht nicht so aus. Los, verschwinden wir!"
Ich knipste das Licht aus, und wir verließen den ungastlichen Ort. Mein Pfeifenreiniger trat wieder in Aktion, allerdings für die entgegengesetzte, die schließende Tätigkeit.
„Ach, das ist also Ihr Schlüssel!" platzte Suzanne heraus. Es schien ihr einen Riesenspaß zu machen.
Wir gingen wieder in ihr Atelier zurück.
„Also, bei Ihnen muß man auf alles gefaßt sein!" bemerkte sie, während sie die Drinks bereitete. „Sind Sie nun Detektiv oder Einbrecher?"
„Beides", antwortete ich aus meinem Korbsessel heraus. „Was ist eigentlich mit Ihrem Concierges-Paar los? Kennen Sie die beiden gut?"
„Sie heißen Maillard. Sind seit etwa einem Jahr hier. Mehr weiß ich auch nicht."
„Jung und knapp bei Kasse, nehme ich an. Das heißt: leicht zu bestechen. Unser Raphanel kennt entweder sie oder den Eigentümer."
„Ach, vergessen Sie doch mal für einen Moment die Wohnung im zweiten Stock!" sagte Suzanne vorwurfsvoll.
Sie stellte die Gläser in Reichweite auf den Tisch und blieb vor mir stehen, so als sei sie unentschlossen.
„Könnten Sie sich vielleicht fünf Minuten lang für etwas anderes interessieren?"
„Wofür zum Beispiel?"
„Dafür!"
Sie beugte sich zu mir herunter. Ihr Gesicht berührte beinahe meines. Ihre blauen Augen wurden um mehrere Töne dunkler. Wenn sie vierzig Jahre alt war, so sah man es in die-

sem Augenblick nicht. Und wenn auch! Mit vierzig beginnt das Leben...

Ihr Morgenrock öffnete sich, und ich sah die dunkle Linie zwischen ihren Brüsten. Ein intensiver Parfümduft hüllte mich ein. Ich nahm Suzanne in meine Arme, und unsere Lippen fanden sich. Ihre schmeckten nach Himbeeren. Dann befreite sie sich sanft aus meiner Umarmung, trat einen Schritt zurück, ließ ihren Morgenrock fallen und sagte mit gedämpfter Stimme:

„Sehen Sie! Wir sind alle entweder Exhibitionisten, Voyeure oder Fetischisten. Ich habe Strümpfe mit Naht angezogen..."

* * *

Wir lagen auf dem Rücken und rauchten schweigend. In dem Lichtkegel, den die Nachttischlampe an die Decke warf, vermischte sich unser Rauch in vergänglichen, sich ständig wandelnden Arabesken. Irgendwo draußen in der Nacht schrien Katzen. Suzy hatte ihren Arm über meine Brust gelegt. Woran sie dachte, weiß ich nicht.

Ich jedenfalls hatte die Gedanken eines richtigen kleinen zufriedenen Arschlochs. Wie kann ich mich aus dem Staub machen, ohne einen zu flegelhaften Eindruck zu hinterlassen?, fragte ich mich. Ich hatte nämlich nicht die geringste Lust, bis zum Morgengrauen hierzubleiben und womöglich auch noch einzuschlafen.

Sie hatte sich mit ihren blauen Augen Hals über Kopf in mich verguckt, die Suzy mit den ebenso blauen Haaren. Ich bin keine größere Beleidigung fürs Auge als andere, ganz im Gegenteil. Aber daß jemand so blitzartig Feuer und Flamme fängt, das bin ich nicht gewohnt. Das überfallartige Abenteuer überraschte mich... und es beunruhigte mich. Ich konnte mich des Eindrucks nicht erwehren, daß es sich hierbei um eine Reihe von üblen Machenschaften handle, die mich von zu Hause fernhielten, während in der Zwischenzeit eingebrochen wurde, zum Beispiel in meiner Agentur. Absurd, aber durchaus möglich. Nein, ich wollte lieber nicht einschlafen! Ich mußte nämlich auch an die Behandlung denken, die der zukünftige Henri III. dem Liebhaber seiner Schwester Margot hatte angedeihen lassen. Vorsicht! Lassen wir uns nicht täuschen! Ein hübscher Dolchstoß zwischen die Schulterblätter... Sicher, Margots Liebhaber hatte nicht grade tief und fest geschlafen, aber trotzdem...

Suzy nahm ihren Arm von meiner Brust, drehte sich auf die Seite und stützte sich auf einen Ellbogen, eine Wange in der Hand. Sie sah mich ganz merkwürdig an und flüsterte:

„So, jetzt mußt du gehen."

„Wie bitte?"

„Du mußt gehen."

Eine komische Heilige, wie gesagt! Und ich, ich war ebenfalls ein komischer Heiliger. Jetzt, da man mich rausschmeißen wollte, wäre ich gerne geblieben!

„Erwartest du noch jemand anders?"

„Sei nicht blöd, und werd nicht bissig."

„Schon gut, entschuldige. Aber das trifft mich so plötzlich."

„Du kannst ja wiederkommen, wenn du willst. Aber du wirst nicht wollen. Männer kommen nie zurück. Sie sind sofort gekränkt."

Sie stieß ein bitteres Lachen aus, stand auf, warf sich ihren Morgenrock über und setzte sich auf die Bettkante.

„Gekränkt!" rief sie. „Scheiße! Was wollen die Männer hinterher immer? Schlafen wollen sie oder ihren Geschäften nachjagen. Sieh mal, meinst du, ich beobachte dich nicht schon seit 'n paar Minuten? Du siehst nachdenklich aus, besorgt. Dein Laden hat dich wieder. In deinem Kopf geistert wieder dieser Raphanel herum."

Sie schwieg. Ihr stummer Blick verlangte nach einer Bestätigung ihrer Vermutung. Ich sagte nichts.

„Schlafen oder an ihre Geschäfte denken", wiederholte sie achselzuckend. „Nun, durch mein Verhalten erleichtere ich den Männern das Ganze. Dafür sollten sie mir dankbar sein, findest du nicht auch? Aber nein, Monsieur ist gekränkt. Du doch auch, stimmt's? Du bist beleidigt, hm?"

„Überhaupt nicht", widersprach ich. „Ich verstehe vollkommen..."

„Von wegen! Also, kurz und schmerzlos: Ich kann die Anwesenheit eines Mannes hinterher nicht ertragen! Vielleicht ist das pathologisch, aber ich werde deshalb nicht zu Trivaux rennen, meinem Freund, dem Psychoanalytiker. So, jetzt weißt du's. Bist du sehr böse?"

„Überhaupt nicht", beteuerte ich noch einmal. „Und ich werde wiederkommen."

Sie suchte meine Kleider zusammen und legte sie aufs Bett.

„Ja, du wirst wiederkommen. Aber nicht wegen mir, jedenfalls nicht nur. Du wirst den Concierges ein paar Fragen stellen oder noch einmal in der Wohnung unten rumschnüffeln."

Ich gab keine Antwort. Mit einem schwachen Lächeln auf den Lippen zündete sie sich eine Zigarette an und sah mir beim Ankleiden zu.

„Übrigens, was ist eigentlich mit diesem Raphanel los?" fragte sie plötzlich in die Stille hinein.

„Interessiert dich das?"

„Über irgend etwas müssen wir schließlich reden! Sonst sieht es noch so aus, als hätten wir uns gestritten..."

„Tja, also, der Kerl versucht, mich an der Nase herumzuführen. Will mir weismachen, daß er hier wohnt. Dabei ist das nur 'ne Briefkastenwohnung."

„Und das gefällt dir nicht?"

„Nein."

„Und deshalb willst du dich an den armen Hausmeistern rächen! Das hab ich in deinen Augen gelesen, als du davon gesprochen hast, daß sie sich haben kaufen lassen."

„Da hast du dich aber verlesen. Ich will mich nicht rächen. Werd nur ein paar Erklärungen von ihnen verlangen."

„Das sind brave Leute. Sollen sie deswegen denn ihre Stellung verlieren? Was wirfst du ihnen vor?"

„Sie haben bei dem Spielchen mitgespielt, indem sie zum Schein die Wohnung in der zweiten Etage vermietet haben."

„Vielleicht haben sie ja gar nichts damit zu tun. Solch eine Kungelei muß man mit dem Verwalter absprechen ... Mein armer Ness! Wie ich dich bedaure!"

Sie lachte. Endlich hatte sie ihr Lachen wiedergefunden. Ich freute mich für sie.

„Wirklich kein lustiger Beruf, den du ausübst. Immer mußt du dich oder andere etwas fragen, überall eine Schweinerei vermuten ..."

„Der Verwalter", unterbrach ich sie, „meinst du damit die Immobilienfirma in der Avenue du Maine, von der du mir erzählt hast?"

„Ja. Immobilienbüro Chambon."

„Das sind die Verwalter? Hast du mir nicht gesagt, das seien die Eigentümer?"

„Ach ja?"

Sie lachte ihr schönstes Lachen.

„Ist Ihnen das noch nie passiert, Herr Detektiv, daß jemand Sie belogen hat? Vielleicht hast du's vergessen, aber dein Verhalten ging mir so langsam auf die Nerven. Warum sollte ich dir keine Märchen erzählen?"

„Und? Hast du mir Märchen erzählt?"

„So ungefähr. Du wolltest den Namen des Eigentümers wissen, ich habe dir den des Verwalters genannt. Läuft doch auf's selbe raus."

„Wenn man so will ... Kennst du ihn denn, den Namen des Eigentümers?"

„Ja, aber ich warne dich: Frag mich nicht, was das für'n Typ ist, ja? Du mit deinen Fragen ... So langsam komme ich dahinter ... Ich habe ihn nie gesehen, kenne nur einen Namen: Rigaud."

„Wie der Chansonnier?"

„Nein, der wird am Ende mit ‚x' geschrieben. Der Hauseigentümer schreibt sich mit ‚d' am Ende: a, u, d. Wie der Millionär, von dem in der Zeitung neulich die Rede war. Der zukünftige Ehemann von Rita Cargelo, der Filmschauspielerin. Tja, vielleicht ist es ja ein und derselbe. Warum eigentlich nicht?“

* * *

Ich fuhr in meine Wohnung zurück. Es war noch gar nicht so spät. Ungefähr zwei Uhr morgens. Aber ich war so kaputt, daß ich beinahe im Aufzug auf dem Weg in meine sechste Etage einschlief. Irgendwo – in meinem Schlafzimmer oder in meinem müden Kopf – klingelte ein Telefon. Nein, in meinem Schlafzimmer war es nicht. Der Apparat blieb stumm, als ich mich ihm näherte. In meinem Kopf konnte es aber auch nicht geklingelt haben, denn da war nur für eines Platz, für einen Namen: Rigaud!

Rigaud!

Ich begann mich auszukleiden.

Rigaud!

Der Eigentümer des Hauses Nr. 25 in der Rue de Coulmiers hieß Rigaud. Wie der Freund von Victor Coulon, der zukünftige Ehemann von Rita Cargelo und bedeutende Reeder, Inhaber einer Schiffahrtsgesellschaft oder so was Ähnlichem. Ich fragte mich, ob diese Entdeckung einige Fragen beantwortete oder ob sie neue Fragen aufwarf.

Mit diesem Gedanken ging ich zu Bett.

Kaum hatte ich das Licht ausgemacht, als wieder ein Telefon läutete. Diesmal war es aber tatsächlich in meinem Schlafzimmer. Ich knipste das Licht wieder an und nahm den Hörer ab.

„Hallo.“

„Nestor Burma?“ fragte eine wenig wohlklingende Stimme.

„Ja.“

Ich fühlte mich eine Woche zurückversetzt, in die Nacht von Montag auf Dienstag. Vor einer Woche hatte mich eine wenig wohlklingende Stimme...

„Nestor Burma, der Privatdetektiv?“ versicherte sich der Anrufer.

„Ja. Was kann ich für Sie tun?“

„Sie sollten in Ihr Büro hinuntergehen. Auf der Fußmatte liegt schon seit einer Ewigkeit was für Sie. Dreimal hab ich versucht, Sie anzurufen.“

„Auf der Fußmatte liegt was? Ein Paket?“

„Ja, ein Paket.“

Einmal, als ich mit einem Fall zu tun hatte, bei dem es um geklauten Schmuck ging, hatten die Diebe einen Teil der Beute auf meine Fußmatte gelegt, einfach so, in einem Schuhkarton. Damit wollten sie die Verhandlungen in Gang bringen und beweisen, daß sie die richtige „Ware“ besaßen. Sollten nun auch die Einbrecher von Dr. Clarimont ...?

„Sind das die Chinoiserien des Arztes?“

„Chinoiserien?“

Der Mann lachte dröhnend.

„Ja, es kann einem ziemlich chinesisch vorkommen. Sehen Sie nach!“

Lachend legte er auf. Ich auch, aber ich lachte nicht. Der Kerl gefiel mir ganz und gar nicht. Seine Stimme gefiel mir nicht, sein Ton gefiel mir nicht, sein Lachen gefiel mir nicht, und seine Geschichte mit der Fußmatte gefiel mir noch viel weniger. Wenn etwas vor der Tür meiner Agentur liegen würde, hätte ich es durch das Gitterfensterchen des Aufzuges gesehen, da das Licht im Treppenhaus gebrannt hatte. Ah, nein! Irrtum! Im Aufzug wär ich beinahe im Stehen eingeschlafen und hatte die Augen geschlossen. Ohne große Begeisterung verließ ich mein Bett, schlüpfte in meinen Bademantel und in meine Pantoffeln, steckte für alle Fälle meinen Revolver ein und ging in die fünfte Etage hinunter.

Kein Geräusch war zu hören, außer dem, das meine Pantoffeln auf den Stufen machten. Ich hatte gar nicht gewußt, daß sie so entsetzlich knarrten.

Ich steckte den Schlüssel in die Tür meiner Agentur. Um keine böse Überraschung zu erleben, stieß ich die Tür auf und sprang gleichzeitig wie ein Torero zur Seite, den Revolver im Anschlag.

Der Kerl, der gegen die Tür gelehnt gewesen war, fiel der Länge nach in den Korridor meiner Agentur. Die Fußmatte, auf der er gestanden hatte, rutschte bis zur Aufzugstür.

7

Lausige Zeiten für Nestor Burma

Ich steckte die Waffe ein, legte die Fußmatte wieder dorthin, wo sie hingehörte, schloß die Tür und beugte mich über Milo. Denn er war es, wenn auch kaum wiederzuerkennen.

Er war vor kurzem mit einem stumpfen Gegenstand bearbeitet worden. Milo, der Prügelknabe! Er schien auf Prügel abonniert zu sein. Man hatte ihn erbärmlich zusammengeschlagen, doch er atmete noch und stöhnte leise. Aus der geschwollenen Öffnung, die die Stelle seines Mundes markierte, blubberte eine Art rotgefärbter Seifenschaum. Seine zerschmetterte Nase bildete eine unappetitliche Masse. Das linke Auge hatte sich vor den Schrecken dieser Welt vollkommen geschlossen. Das rechte stand offen, wahrscheinlich klemmte das Lid. Das Auge glänzte fiebrig. Der Montag, so sagt man, ist der Tag der Metzger.

Am Revers seiner zerrissenen Jacke steckte meine Visitenkarte, die ich ihm neulich gegeben hatte. Das zeugte von dem Humor der Leute, die ihn so übel zugerichtet hatten. Zurück an den Absender. So jedenfalls interpretierte ich die Geste.

Ich schob das Kärtchen in die Tasche meines Pyjamas. Dann packte ich Milo unter den Achseln und schleifte ihn in mein Büro. Ich machte Licht und nahm den Telefonhörer in die Hand; doch bevor ich die Nummer meines Freundes Dr. H... wählte, warf ich noch einen Blick auf Milo. Langsam legte ich den Hörer wieder auf die Gabel. Eine Weile stand ich da und kämpfte gegen meinen revoltierenden Magen an. Schließlich sauste ich in die Toilette. Als ich wieder zurückkam, ging es mir physisch besser.

Nur physisch, denn... Armer, alter Milo! Seine herrlichen weißen Zähne – vorausgesetzt, er hatte noch welche im Mund – würden ihm nie mehr weh tun. Er war kein schlechter Kerl gewesen, einer, der keiner Fliege was zuleide getan hatte. Und schon gar nicht einem Löwen. Denn anscheinend hatte ich ihn in die Höhle eines solchen geschickt. Und darüberhinaus noch mit meiner Visitenkarte bewaffnet, damit sie entdeckt werden und irgendwelche Reaktionen hervorrufen würde. Nun, Reaktionen waren hervorgerufen worden! Und wenn man Milo so jämmerlich verprügelt hatte, dann konnte das nur heißen, daß er nicht sofort alles ausgeplaudert hatte. Mir war so, als wäre ich dabeigewesen. Ich sah ihn vor mir, den armen kleinen Unterweltler, in den Klauen stämmiger Kerle mit kalten, durchdringenden Augen. Gutgekleidete Kerle, wohlgenährt und selbstsicher! (Um so selbstsicherer, wenn sie Politiker, Untersuchungsrichter und Polizisten hinter sich wußten.) Kerle wie Marquini, Kerle mit Stimmen wie der, die ich eben am Telefon gehört hatte. „Na, Opa, wird's bald? Warum willst du wissen, woher das Foto stammt? Wer hat dich mit der Schnüffelei beauftragt? Ach, Monsieur ist stumm...!" Boing!, ein Schlag mit der Faust, ein Schlag mit der Dachlatte, ein Schlag mit dem Pistolenknauf, ein Schlag mit dem Knüppel. „Also, Milo, was ist?" Und wieder beginnt der Tanz von neuem, dieser Tanz, der viele hübsche Namen hat: Dresche, Keile, Abreibung. Schließlich redet er, oder man findet meine Visitenkarte bei ihm. Ein wenig spät, vor allem für Milo. Zurück an den Absender. Armer alter Milo! Ich hatte ihn unterschätzt. Er galt als Hänfling, als halbe Portion, und jetzt stellte sich heraus, daß er ein ganz Harter war, der keine Angst vor den Großen hatte. Er hatte die Gelegenheit genutzt, um das zu beweisen, vielleicht für seine ganz persönliche Genugtuung, als Revanche an das Leben, um sich in seinen eigenen Augen Respekt zu verschaffen... Und wie schon andere echte Helden war er für nichts und wieder nichts gestorben. Und ich war es, der ihn ans Messer geliefert hatte, ich mit meiner raffinierten Taktik...

Ich stand vor der Leiche, fühlte mich zum Kotzen, unglücklich, schuldig. Als der Gedanke mir durch den Kopf schoß, daß ich genau in dem Moment, als man Milo in die Zange genommen hatte, Suzanne geküßt hatte, fühlte ich mich noch elender. Ein makabrer Gedanke! Wenn man in Momenten der Liebe an all das denken würde, war zur gleichen Zeit an Scheußlichem in der Welt passiert... Das würde entweder der Partnerin nicht gefallen, oder aber man würde es nicht oft tun.

Ich schüttelte die trüben Gedanken von mir ab, beugte mich über den Toten und durchsuchte ihn. Eine magere Ausbeute von geringem Interesse. Ich stopfte sein Hab und Gut wieder in seine Taschen.

Plötzlich dachte ich an die blonde Mado, Milos Freundin. Ich mußte unbedingt mit ihr reden, und zwar schnell. Vielleicht wußte sie etwas Genaueres. Möglicherweise hatte Milo sie ins Vertrauen gezogen und angedeutet, in welcher Richtung sich seine Nachforschungen bewegten. Möglicherweise jedoch... Ja, möglicherweise würde ich sie in demselben Zustand finden wie Milo... Diese Aussicht hielt mich nicht von meinem Plan ab. Im Gegenteil. Wenn ich mich ein wenig sputete, könnte ich bei ihr sein, bevor man sie zu Hackfleisch verarbeiten würde.

Ich lief hinauf in meine Wohnung und zog mich wieder an, wobei ich mich fragte, was ich mit Milos Leiche machen sollte. Ich verschob das Problem auf später. Später würde man weitersehen. Im Augenblick...

Im Augenblick läutete das Telefon. Ich hatte keine Zeit, mich zu melden. Der Kerl von eben fragte mit seiner unangenehmen Stimme, die jetzt schleimig klang:

„Nestor Burma?"

„Ja."

„Gut angekommen?"

„Ja."

„Lassen Sie sich das 'ne Warnung sein, Schlauberger!"

„Selber Schlauberger! Idioten! Ihr habt ganze Arbeit geleistet! Etwas zu hart zugeschlagen, was?"

„Wie?"

„Bist du taub? Ach, deswegen schreist du so wie'n... Er ist tot, mein Kumpel!"

„Tot? Der kleine Blödmann? Na schön, ist kein großer Verlust.“

Er lachte (oder tat so) und legte auf. Ich knallte den Hörer auf die Gabel und machte mich auf die Socken.

* * *

So unauffällig wie möglich – nämlich am Arm einer Hure – betrat ich das Hotel *Star* in der Rue Belhomme. An der Rezeption saß der Pomadenjüngling von neulich. Er sah so aus, als hätte ihm jemand gerade einen heftigen Schrecken eingejagt.

In der Bude meiner Zufallsbekanntschaft erkundigte ich mich, wo die Toilette sei. Am Ende des Korridors, danke. Ich stellte mich blöder, als ich bin, und unter dem Vorwand, ich hätte Angst, mir würde mein Geld ins Klo fallen, bezahlte ich im voraus die Gunst des Freudenmädchens. Ich überschritt beträchtlich den gewerkschaftlich festgesetzten Tarif, um sicher zu sein, daß sie sich damit abfinden würde, mich nicht mehr wiederzusehen.

Ich ging hinaus und stieg in die oberste Etage hinauf zu Milos ehemaliger Behausung. Ich lauschte an der Tür. Nichts. Ich klopfte. Immer noch nichts. Ich wartete ein paar Sekunden. Es war merkwürdig still überall. Man hätte meinen können, daß eine dumpfe Unruhe auf dem Haus lastete. Ich dachte an den Schönling unten an der Rezeption. Er mußte über Milos Schicksal Bescheid wissen. Sah so aus, als hätte er irgend etwas Schreckliches erlebt.

Aus einer der unteren Etagen rief eine Stimme:

„Also, wo bleibst du denn, mein Schatz?“

Das war meine Hure. Sie wurde ungeduldig. Wollte mir unbedingt etwas bieten für mein Geld, anstatt es einfach so einzustecken. Und dann beschimpft man sie als falsch und faul!

Ich hatte keine Zeit mehr zu verlieren. Her mit dem patentierten Dosenöffner!

Ich steckte meinen Pfeifenreiniger ins Schloß... und zog ihn schnell wieder heraus. Ein Kerl kam von der Treppe direkt auf mich zu. Er sah gutmütig aus, wie jemand, der ausgeruht nach Hause kommt, zufrieden mit sich und der Welt. Ungezwungen steckte ich mein Werkzeug ein und entfernte mich von der Tür, so als wollte ich in die frühmorgendliche Kühle hinausgehen, um Champignons zu suchen. Wir gingen aufeinander zu, beide betont gutmütig. Er lächelte mich an, ich lächelte zurück und ging vorbei. Na ja, ich versuchte es. Flink wie eine Katze stellte er mir ein Bein, fing mich jedoch mit einem erstklassigen Aufwärtshaken auf. Wahrscheinlich wollte er meinem Anzug eine entwürdigende Berührung mit dem dreckigen Boden ersparen. Dann packte er mich und lud mich wie einen nassen Sack auf seinen Rücken.

Kurz darauf befand ich mich dort, wo ich hinwollte: in Milos Bude, auf dem Bett sitzend, den Kopf voller Musik. Und vor mir mein gutmütiger Aggressor sowie ein weiteres Mitglied aus derselben Gemeinde. Beide hielten eine Kanone in der Hand.

Aufgrund der Worte, die die Kerle miteinander wechselten, erfuhr ich, daß der zweite (in der Reihenfolge ihres Auftretens) – ein Mann mit grünlich-fahler Gesichtsfarbe und krummer Nase, den der andere Marc nannte (wie mein Freund Covet!) – still in dem Zimmer gesessen hatte, während ich an dem Schloß herumfummelte. Er hätte mir eine hübsche Überraschung bereitet, wenn mein Einbruchsversuch von Erfolg gekrönt gewesen wäre. Mein Ringkampfpartner dagegen hatte hinter dem Jungen an der Rezeption auf der Lauer gelegen, unbemerkt von den eintretenden Damen und Herren. So konnte er den Schönling in Schach halten und dafür sorgen, daß er seine Angst nicht verlor. Der Angsthase mußte mich bei meinem letzten Besuch bei Milo wiedererkannt und das Ergebnis seiner Beobachtungen dem Ganoven mitgeteilt haben. Als dann noch meine Hure ihren untreuen Freier gesucht hatte, hatte der Beinchensteller sogleich kapiert und war nach oben gerannt.

„Wer das wohl ist?“ fragte Marc Krummnase.

Er sprach mit leichtem Akzent.

„Das werden wir sehen, wenn wir ihn filzen“, erwiderte sein Kumpel.

Anscheinend war ich nicht mehr wert als ein Stück Holz.

„Wird doch wohl nicht dieser Burma sein? Also, das wär 'n Ding!“

Sie durchwühlten meine Taschen. Der Anblick meines Revolvers rief bei ihnen mehrere „Oh“s und „Ah“s hervor. Auf dem Tisch stapelten sich meine Pfeife mit dem Stierkopf, mein Tabak, meine Streichhölzer, mein Geld und mein Schlüsselbund. Sie klappten meine Brieftasche auf und steckten ihre Nasen in meine Papiere. Nestor Burma! Oh! Ah!

„'n richtiges Versteckspiel!“ bemerkte Krummnase.

„Werd versuchen, die andern zu erreichen“, sagte der andere. „Paß du inzwischen auf ihn auf. Hier, am besten, wir fesseln ihn. Wozu haben wir Stricke?“

Sie hatten tatsächlich Stricke. Wahrscheinlich war schon Milo damit gefesselt worden. Sie legten mich auf die Pritsche und machten aus mir eine Wurst: oben ein Bändchen, unten ein Bändchen...

„Nicht nötig!“ sagte ich, als ich sah, daß sie einen Knebel drehten. „Hab nicht vor, um Hilfe zu schreien. Hier kommt sowieso keiner. Ihr scheint ja das ganze Hotel zu terrorisieren!“

„Oh, machen Sie uns nicht schlimmer, als wir sind“, protestierte mein Beinchensteller. „Aber nett von Ihnen, daß Sie so verständnisvoll sind. Dann werden Sie doch sicher auch verstehen, daß ich mir Ihren Wagen ausleihen muß...? Wo haben Sie ihn geparkt?“

Ich sagte es ihm. Warum hätte ich es ihm nicht sagen sollen?

„Also, bis gleich.“

Er steckte die grauen Fahrzeugpapiere und den Schlüsselbund ein und ließ mich mit Krummnase alleine. Wir hörten ihn den Korridor entlanggehen.

„Und was machen wir jetzt?“ fragte ich.

„Warten“, antwortete Krummnase.

„Und ein wenig plaudern, ja?“

„Wüßte nicht, worüber."

„Och, zum Beispiel über Marquini alias Marquis", schlug ich vor. „Du weißt doch, der Drogenboß, der sich mit Pornofotos erwischen und umbringen läßt."

„Ach ja? Marquini... Mach dir um den keine Sorgen."

Marc... Marquini... Dieser Akzent... Auf gut Glück erkundigte ich mich:

„Du bist nicht zufällig sein Bruder, hm?"

Sein fahles Gesicht zuckte.

„Ja, bin ich. Aber ich wüßte nicht, was dich das angeht. Sei still und schlaf, Querkopf!"

Ich nahm seinen Rat dankbar an. Müde genug war ich. So müde, daß ich nach ein paar Minuten, in denen ich schweigend dalag und die Zeit in der Ewigkeit verrann, einschlief.

* * *

Mein Beinchensteller weckte mich. Er hatte von seiner Spritztour einen jungen Ganoven mitgebracht. Der Neue hatte einen schmalen Schnäuzer und 'ne widerliche Fresse. Sobald er den Mund aufmachte, identifizierte ich ihn als den Anrufer mit der schleimigen Stimme.

„Der Boß will mit Ihnen reden", sagte mein Ringkampfgegner zu mir. „Wir fahren zu ihm."

Meine Fußknöchel wurden von ihren Fesseln befreit – nur meine Fußknöchel! –, ich wurde auf die Beine gestellt (na ja, ich meine, sie packten mich an den Armen und rahmten mich ein), und ab ging's.

Mein Auto wartete mit laufendem Motor vor dem Hotel. Ich mußte mich vor der Rückbank auf den Boden legen, und sie breiteten eine Decke über mich. Marquini, der Bruder des Marquis, leistete mir Gesellschaft, allerdings auf dem Rücksitz, einen Fuß lässig auf meine Hüfte gestellt.

Wir fuhren los. Beinchensteller saß am Steuer. Der dritte Halbstarke folgte wohl in einem anderen Wagen.

8
Vorführung

Ich war nahe am Ersticken unter meiner Decke, als der Wagen endlich anhielt. Die Türen wurden geöffnet, Beinchensteller und Krummnase stiegen aus. Ein Gestank von Metall, Öl, Farbe und Benzin drang durch die Decke zu mir und beleidigte meine feine Nase. Wenig später hielt ein anderer Wagen neben meinem. Lautes Türenknallen. Der Junge mit der schmierigen Stimme und dem Schnauzbärtchen war angekommen. Die Ganoven wechselten schnell ein paar Worte. Es hallte wie in einem Gewölbe. Der schmierige Anrufer entfernte sich, während sich meine beiden persönlichen Bewacher endlich um mich kümmerten.

Sie befreiten mich aus meiner unbequemen Position und nahmen mir die Fesseln ab. Während ich mir die Handgelenke rieb, warf ich einen Rundblick um mich. Wir befanden uns in einer großen Halle, Lagerraum eines Schrotthändlers oder Werkstatt zum Umspritzen geklauter Autos. Doch es sah so aus, als hätte hier seit langem niemand mehr das fröhliche Lied der Arbeit angestimmt.

Der Morgen graute. Durch eine offene Tür konnte ich auf ein freies Gelände blicken, auf dem sich Autowracks stapelten. Fahles Morgenlicht ließ die Umrisse erkennen. Die Natur erwachte. Munteres Vogelgezwitscher und schwerfälliges, friedliches Glockengeläute drangen an mein Ohr.

„Alles in Ordnung?“ fragte mich Beinchensteller.

„Alles in Ordnung.“

Warum sollte ich „nein“ sagen? Der Ganove zündete sich eine Zigarette an und hielt mir die Schachtel hin. Ich sagte, danke, ich hätte meine Pfeife, und langte in meine Manteltasche. Lachend machte mich mein Bewacher darauf aufmerksam, daß mein Stierkopf beim Boß sei. Na schön, dann eben eine Zigarette. Ich nahm zwei tiefe Züge und schmiß die Kippe auf den Boden. Es war eine von diesen orientalischen. Ein ekelhaftes Kraut, schlimmer als deutscher Tabak, der immerhin... Das junge Schnauzbärtchen kam zurück.

„Los, gehn wir!" sagte er.

Unsere kleine Prozession – mit Krummnase als Schlußlicht – setzte sich in Bewegung. Nachdem wir eine Eisentreppe hinauf- und durch eine Tür hindurchgegangen waren, standen wir in einem angrenzenden Wohnhaus. Wir durchquerten einen spärlich beleuchteten Korridor, an dessen Ende ein Kerl auf einem Sofa schnarchte wie ein Kutscher. Er war jung, athletisch gebaut und sah mit seinem dunklen Teint und den krausen Haaren wie ein orientalischer Teppichhändler aus. Wahrscheinlich war er der Lieferant der widerlichen Zigaretten. Mein Begleitschutz machte sich über ihn lustig.

„Sieht aber ganz schön kaputt aus!"

„So schwer, wie der arbeitet!"

„Das Glück ist mit den Doofen!"

Plötzlich wurde eine Tür aufgerissen.

„Schnauze!" schnauzte eine heisere Stimme.

Ein hochgewachsener, schlanker Mann stand im Türrahmen. Das Licht hinter ihm ließ sein schneeweißes Haar silbrig glänzen. Er trug einen grauen Maßanzug. Ein Seidentuch schützte seinen Hals und seine angegriffenen Stimmbänder. Rubine leuchteten an seinen Manschetten. Seine Hände waren so feingliedrig wie die von Dr. Clarimont. Unter seinem vorzeitig weiß gewordenem Haar – der Mann war nämlich noch jung – erkannte man ein strenges, aber nicht bösartiges Raubvogelgesicht. Die stark gebogene Adlernase und der häßliche weiße Fleck auf dem linken Auge konnten einem allerdings Angst einjagen. Zweifellos war das der Mann, den sie „den Boß" nannten. Ein auf den ersten Blick wenig gemütlicher Zeitgenosse, eine Mischung aus raffiniertem Wucherer, zähem Geschäftemacher und vornehmem Mörder.

Mit einer knappen Geste entließ er seine Männer, bis auf einen.

„Wenn Sie mir folgen wollen, Monsieur Burma", sagte er dann zu mir.

Monsieur Burma! Wie förmlich! Er drehte sich um und ging wieder in das Zimmer zurück. Offensichtlich befürchtete er nicht, von mir hinterrücks angegriffen zu werden. Dazu verspürte ich allerdings auch nicht die geringste Lust. Um so weniger, da mein Beinchensteller mir nicht von der Seite wich. Ein gut eingespieltes Team!

Die Fenster des Raumes waren verbarrikadiert. Eine Deckenlampe tauchte das spärliche Mobiliar in milchiges Licht: drei Stühle, einen Sessel, eine Art Aktenschrank und einen runden Tisch, auf dem sich farbige Aktenordner stapelten. Und auch meine Habe lag auf dem Tisch: Brieftasche, Pfeife usw. Nur meinen Revolver sah ich nirgendwo.

„Setzen Sie sich doch in den Sessel, Monsieur Burma", forderte mich der Pirat mit den weißen Haaren auf und setzte sich selbst an den Tisch.

Ich nahm im Sessel Platz. Mein Bewacher hatte sich bereits auf einem der Stühle niedergelassen.

„Wenn Sie rauchen möchten..."

Der Gangsterboß reichte mir meine Rauchutensilien. Ich stopfte meine Pfeife, und er zündete sich eine Zigarette an.

„Sie sind also Nestor Burma!"

„Ja", sagte ich. „So langsam dürfte das ja bekannt sein. Aber was mir nicht bekannt ist: Wer sind Sie? Wie war noch mal Ihr Name?"

„Oh, ich bin nicht so berühmt wie Sie. Nennen Sie mich einfach Ixe. Das genügt für den Augenblick."

„Ixe? Wie die bekannte Nachrichtenagentur?"

„Genau so. Monsieur Burma, als ich noch nicht ahnte, wie schnell ich Ihre Bekanntschaft machen sollte, hatte ich die Gelegenheit, Ihren Namen in der Zeitung zu lesen. Ich glaube, es war im Zusammenhang mit antiken Chinoiserien oder etwas Ähnlichem, die einem Sammler, dessen Name ich vergessen habe, gestohlen worden sind."

„Clarimont."

„Ja, kann sein."
„Interessieren Sie sich für antike Chinoiserien?"
„Überhaupt nicht."
„Trotzdem... Tja..."
Ich legte meine Pfeife aus der Hand. Mein Tabak schmeckte noch fürchterlicher als das arabische Kraut, und das war mehr, als mein Brummschädel vertragen konnte.
„Trotzdem haben Ihre Geschäfte ein ganz klein wenig mit China zu tun, wenn man so will."
„Mit China?"
„Ja, ganz entfernt. Wegen des Mohns."
„Ach, jetzt verstehe ich, was Sie meinen."
Sein Blick wurde hart.
„Monsieur, ich frage mich, ob Sie sich nur für die antiken Figuren und das Foto – Sie wissen schon, welches ich meine – interessieren, oder ob noch etwas anderes dahintersteckt."
„Einerseits für die Jadefiguren, andererseits für das Foto. Zwischen beidem besteht kein Zusammenhang. Über das Foto, das uns einander sozusagen nähergebracht hat, sollten wir uns übrigens unterhalten. Ich weiß nicht, ob Sie auf dem laufenden sind, aber bei mir zu Hause liegt die Leiche eines Mannes. In wenigen Stunden wird entweder die Putzfrau oder meine Sekretärin den Toten entdecken und das Viertel in Aufregung versetzen."
„Aber nein, aber nein! Niemand wird eine Leiche bei Ihnen entdecken. Sehen Sie, wir haben ein wenig aufgeräumt. Der arme Milo nimmt zur Stunde ein Bad in der Seine. Das hätten Sie sich doch denken können! Ich hatte Sie für scharfsichtiger gehalten... Sicher, Sie haben eine bewegte Nacht hinter sich, doch da sind Sie nicht der einzige. Haben meine Leute Sie etwa zu hart angefaßt?"
„Nein, es ging."
„Sie können manchmal ihre Kräfte nicht unter Kontrolle halten."
„Milo hat's zu spüren bekommen."
„Das war nicht unsere Absicht."

„Was war denn Ihre Absicht?"

„Sie zu veranlassen, Ihre Nachforschungen einzustellen. Wir haben gehofft, der Anblick des ramponierten Milo würde Ihnen zu denken geben."

„Und Sie glauben wirklich, ich lasse mich auf diese Weise einschüchtern?"

„Man konnte es ja mal versuchen... Leider ist der blöde Kerl krepiert. Dadurch hat sich einiges verändert. Und, wie das Leben so spielt, da Sie uns über den Weg gelaufen sind, dachte ich, daß eine kleine Unterhaltung mit Ihnen nicht schaden könne."

Bevor sie nun begann, die kleine Unterhaltung, legte er mir freundlicherweise auseinander, was sie unternommen hatten, nachdem ich den schleimigen Gangster telefonisch über Milos Tod informiert hatte.

„Das war ein harter Schlag. Mit einer Leiche auf dem Arm konnten Sie gar nichts anderes tun, als die Polizei zu benachrichtigen. Offen gesagt, das mag ich nicht. Selbst wenn Sie denen irgendein Märchen erzählt hätten, würden die Flics jetzt überall herumschnüffeln, und man kann ja nie wissen... Sehen Sie, ich hatte Vertrauen zu Ihnen und zu Milo. Ich sagte mir: ‚Nach der Abreibung wird Milo Ruhe geben, und Burma ebenfalls. Das Schlimmste, was passieren kann, ist, daß Burma alleine weitermacht.' Aber aus bestimmten Gründen habe ich eigentlich nicht an diese Möglichkeit geglaubt."

Er lächelte feinsinnig. Das Lächeln eines Mannes, der eine geheime Waffe mit durchschlagender Wirkung besitzt.

„Aber dann..." fuhr er fort.

Das Lächeln verschwand.

„Sie hatten eine Leiche im Büro liegen. Wir mußten Sie Ihnen vom Hals schaffen. Ich habe dementsprechende Anweisungen gegeben. Wir wollten, daß diese Blondine, Milos Freundin, Sie anrief, um Sie in eine Falle zu locken. Sie hat's nur zu gerne gemacht, denn sie kann Sie nicht riechen, Monsieur Burma. Gibt Ihnen die Schuld an dem, was Milo zugestoßen ist."

„Womit sie nicht ganz unrecht hat. Aber sie hat mich nicht angerufen.“

„Warten Sie! Doch, sie hat Sie angerufen, in unserem Beisein. Aber Sie waren nicht mehr zu Hause.“

„Klar, ich war auf dem Weg zum Hotel *Star*.“

„Genau. Nur wußten wir das noch nicht. Also, nicht zu Hause. Daran sollte es nicht scheitern. Sie konnten die Leiche schlecht mitgenommen haben, egal, wo Sie hingegangen waren. Der Tote lag demnach immer noch in Ihrem Büro. Wir mußten ihn nur abholen.“

Er machte eine Pause, um sich eine neue Zigarette anzuzünden.

„Ein Glück für Ihre Tür, mein Lieber...“

Wirklich, man hätte ihn für ein Mitglied des Türschutzvereins halten können!

„Ein Glück für Ihre Tür, daß Sie Kurs aufs Hotel *Star* genommen hatten! Dort hatten wir nämlich eine Art Mausefalle aufgebaut. Nicht für Sie, sondern für die Leute, die Milo angesprochen hatte und die nun möglicherweise vorbeikommen würden, um ihm seine Fragen zu beantworten. Denen wollten wir nämlich auch eine Lektion erteilen.“

Der Zigarettenrauch kam zusammen mit den Wörtern aus seinem Mund, dünn, kurz und schnell. Offensichtlich genoß er das Rauchen. Mir lief das Wasser im Mund zusammen, und ich griff wieder nach meiner Pfeife. Mal sehen, was stärker war: mein Brummschädel oder meine Tabaksucht. Letztere trug den Sieg davon. Bei den ersten Zügen drehte sich mir der Magen um, doch verging dieses unangenehme Gefühl schnell wieder. Danach schmeckte es prima.

„Wie gesagt“, fuhr der weißhaarige Pirat fort, „es war ein Glück für Ihre Tür, denn natürlich hätten meine Leute sie aufbrechen müssen. Aber da erwischte Sie meine Palastwache im Hotel *Star*. Mit Ihren Schlüsseln bewaffnet, Monsieur, sauste der da...“, er wies auf Beinchensteller, „hinter dem Reinigungstrupp her, holte ihn ein, und alles ging ohne Schaden ab, zur allgemeinen Zufriedenheit. Die Jungs schnappen sich die

Leiche und werfen sie in die Seine. Und nun können wir endlich mit unserer kleinen Unterhaltung beginnen."

„Na, wunderbar!" sagte ich.

Verständnisvolles Lachen und Augenzwinkern meinerseits. Ich sah Milo vor mir, wie er in die Seine geschubst wurde, wie eine Stange Nougat oder ein Sack Mehl. Wie Edmond Dantès-Buridan aus dem berüchtigten Heldenepos. Sehr spaßig.

Ixe musterte mich neugierig, sagte aber nichts. Er nahm aus einem Aktenordner das berühmte Bild, Ursache für die ganze Aufregung, und hielt es mir unter die Nase, genauso wie Raphanel. In der Tasche des einen oder des andern schien das Foto gelitten zu haben.

„Milo schleppte das mit sich herum und wollte wissen, woher es stammte", sagte Ixe. „Nach dem, was ich weiß, hatte er es von Ihnen, Monsieur Burma. Ein ganz seltenes Stück! Ich würde sogar sagen: ein Unikat... Na ja, beinahe."

„Ich seh's", sagte ich.

Was ich auch noch sah, war ein Rauchkringel, der aus meiner Pfeife zu Beinchensteller hinüberschaukelte. Der Kringel würde wie ein Heiligenschein auf seinen Kopf passen. Sehr amüsant.

„Was sehen Sie?" zischte Ixe.

Die Worte glitten aus seinem Mund, als wären sie mit Vaseline eingeschmiert. Heimtückisch.

„Nichts..."

Ich faßte mich wieder, holte mein Taschentuch heraus und wischte mir den Schweiß von der Stirn. Wie heftig ich schwitzen konnte! Wie heiß es in diesem verdammten Zimmer sein konnte!

„War nur so dahergesagt... nur um irgend etwas zu antworten... damit Sie auch mal Luft holen können."

Ixe runzelte die Stirn. Sein weißlicher Augenfleck spielte leicht ins Rötliche.

„Machen Sie sich nicht über mich lustig", warnte er mich. „Ich möchte mich freundschaftlich mit Ihnen unterhalten. Aber ich rate Ihnen, sich hier nicht als Schlauberger aufzuspielen, als Kino-Privatflic! Ich bin nämlich der Schlauere von uns beiden, kapiert?"

Ich gab keine Antwort. Er sagte nach diesem kleinen Wutausbruch ebenfalls nichts. Er sah mich an. Ich sah ihn an. Wir sahen uns an. Er mit seiner Zigarette im Mund, ich mit meiner Pfeife. Aber ich war sie leid, meine Pfeife. Mit jedem Zug verstärkte sich der Brechreiz. Ich legte sie auf den Tisch. Ich, ein Schlauberger? Daß ich nicht lache! Ein Blödmann, ja, das schon eher! Und der Kerl da vor mir war mit Sicherheit einer der Drogenkönige, einer wie Marquini, der tote Marquis. Ein Drogenkönig, momentan arbeitslos wegen der Rückschläge, die der Markt hatte hinnehmen müssen, aber eben doch ein Drogenkönig! Marquini & Co. Marquini, der sich in der Rue Fontaine hatte umlegen lassen, unter dem Arm eine Tasche mit Pornofotos. Ein seltenes Stück, ein Unikat. Ein Sammlerstück, hätte Clarimont gesagt. Unikat. Das war es, was sie gesucht hatten, all die Typen, von denen Milo mir erzählt hatte, Typen, die in Barbès völlig unbekannt waren und die den gesamten Schund systematisch aufgekauft hatten, die einschlägige Ware, alles Mögliche und Unmögliche, alles, was man sich vorstellen konnte, bis hin zu zehn Jahre alten Fotos...

„Meine Leute haben sich ein wenig bei Ihnen umgesehen, Monsieur Burma", nahm der ‚Drogist' unsere kleine Unterhaltung wieder auf, jetzt erneut in höflichem Ton. „Oh, nur zwei, drei Schubladen..."

Er nahm aus demselben Aktenordner wie vorhin zwei Abzüge desselben Fotos heraus und reichte sie mir.

„Das haben sie mitgebracht. Was ist das?"

„Sehen Sie doch: Abzüge von dem Unikat."

„Hat Ihr Klient Ihnen das gegeben?"

„Welcher Klient?"

„Dahinter muß doch irgendein Klient stecken, oder?"

„In der Tat, es gibt einen Klienten. Und?"

„Hat er Ihnen diese Abzüge gegeben?"

„Nur einen, die anderen habe ich davon abfotografieren lassen. Für meine Nachforschungen, für alle Fälle..."

„Ja, ja, verstehe“, murmelte er verträumt, gedankenverloren. „Ein Abzug.“

Er ließ das Wort auf der Zunge zergehen, berauschte sich förmlich. Was weiß ich, welch magischen Zauber er daran fand.

„Ganz genau“, stimmte ich ihm zu. „Ein Abzug.“

Er hörte mich nicht. Mit immer heiserer Stimme fuhr er fort:

„Er hat Ihnen also einen Abzug gegeben?“

„Ja, er hat mir einen Abzug gegeben“, echote ich.

Ixe holte seine Augen von fernen Horizonten zurück und heftete sie auf mich.

„Und dieser Mann mit dem Abzug, hat er einen Namen?“

„Natürlich. Aber rechnen Sie nicht damit, ihn von mir zu erfahren.“

„Warum nicht?“

„Ich kann doch meine Klienten nicht verraten.“

„Unnötige Skrupel, mein Lieber“, lachte Ixe. „Sie haben keinen Klienten mehr.“

„Haben Sie ihn umgebracht?“

Er hob sein zartes Händchen.

„Nein, nein! Er ist wohlauf, glücklicherweise.“

„Dann kennen Sie ihn?“

„Ich glaube, ihn zu kennen. Und wenn er der ist, an den ich denke, dann ist es für Sie so, als gäbe es ihn nicht mehr. Das hat mir soeben mein kleiner Finger gesagt.“

„Glückwunsch zu so einem kleinen Finger! Also noch ein Schlauberger. Damit sind wir schon drei... Hören Sie, Schneewittchen, könnten wir die Sitzung nicht vielleicht beenden? Ich hab nämlich die Schnauze voll. Mein Kopf ist schwer, ich würde gerne ein Gläschen trinken, ein Sandwich verdrücken und mich ins Bett legen... schlafen, träumen oder von mir aus auch sterben...“

Ohne auf meinen Wunsch einzugehen, holte er aus seinem verdammten Ordner eine wohlbekannte Visitenkarte heraus.

„Diese Visitenkarte haben wir zusammen mit den Fotos gefunden. Etienne Raphanel. Ist das Ihr Klient?“

Mir reichte es nun wirklich so langsam. Zwei Schritte vor, ein Schritt zurück. Milor, erinnere dich an Nesto! Ich meine: Burmi, erinnere dich an Malo! Scheiße nochmal! Ich konnte ihm wirklich nicht viel Neues erzählen, dem Ixe-Piraten!

„Ja, das ist mein Klient", sagte ich. „Doch Sie haben recht: Es gibt ihn gar nicht."

„Wollen Sie damit sagen, daß es ein falscher Name ist?"

„Ja."

„Woher wissen Sie das?"

Ich verspürte ein beinahe körperliches Bedürfnis, mein Herz auszuschütten. Diese Kerle mußten Rauschgift in meinen Tabak gemischt haben. Hätte mich nicht gewundert.

„Ich weiß es nicht mit Sicherheit, aber ich vermute es", sagte ich. „Sie verstehen, jemand, der zu Ihnen kommt und Ihnen fotografischen Schund unter die Nase hält mit dem Auftrag, seinen Ursprung festzustellen, wird sich wohl kaum mit seinem richtigen Namen vorstellen. Einfache Scham, mein lieber Watson! Und dann hat er mich bar bezahlt, nicht per Scheck. Anonym. Dazu eine falsche Adresse, eigentlich nur ein Briefkasten. Nun, ich weiß meinen Kopf zu gebrauchen, wenn's sein muß."

„Daran zweifle ich nicht. Kennen Sie seinen richtigen Namen?"

„Nein."

„Haben Sie versucht, ihn herauszufinden?"

„N...ein. Ist mir egal. Ich warte, bis er wieder in meinem Büro auftaucht."

„Richtig so! Einfach warten. Wie sah er denn aus, Ihr Raphanel?"

„Angewidert sah er aus."

„Ich meine sein Aussehen."

„Oh, wie man so aussieht... Bürstenhaare, Bürstenschnurrbart, Brille à la Marcel Achard. Entschuldigen Sie, aber Personenbeschreibungen sind nicht meine Stärke."

„Macht nichts, macht gar nichts..."

Er schwang seine Prälatenhand zu einer salbungsvollen Geste. Sah beinahe so aus, als würde er mich segnen. Er stand auf, schnappte sich den Ordner und verließ das Zimmer.

„Bin gleich wieder da", sagte er im Hinausgehen.

Ich wandte mich meinem Bewacher zu.

„Wie 'ne Concierge", bemerkte ich.

„Was?"

„Er ist gleich wieder da."

„Ach so... Sag mal, fühlst du dich nicht wohl? Du siehst ganz komisch aus, schweißgebadet."

„Mach dir keine Sorgen", beruhigte ich ihn. „Ich bin topfit."

Aber er hatte recht: Ich schwitzte wie ein Bulle. Beinchensteller lachte. Ich wischte meine Stirn ab, nahm all meine Kraft zusammen und sagte:

„Ihr habt euch sicher nicht gelangweilt, als ihr euch die Fotos angeguckt habt, was? Ganz schön gepfeffert, vor allem das da. Ein As, der Künstler, der das Foto geschossen hat. Schade, daß er tot ist..."

„Ach, er ist tot?"

„Ja. Ein gewisser Prunier. Hast du nichts von dem Kameramann gehört, der ermordet worden ist?"

Er sperrte Mund und Augen weit auf. Bevor er jedoch etwas dazu sagen konnte, kam Ixe zurück, den Aktenordner unterm Arm und Krummnase im Schlepptau. Letzterer brachte eine Flasche Kognak und Gläser, die er auf den Schrank stellte. Sah aus, als wollten wir ein freudiges Ereignis begießen.

„Sag mal", wandte sich Beinchensteller an seinen Boß, „weißt du, was Burma mir gerade verklickert hat? Der Freier von Gisèle... Na ja, der Kerl, der die Fotos gemacht hat, das soll der aus der Rue des Mariniers gewesen sein, dieser Prunier, der umgelegt worden ist."

Ixe legte den Ordner auf den Tisch, stützte sich wie ein Conférencier mit beiden Händen auf und zog die Augenbrauen hoch.

„Im Ernst?" fragte er, ehrlich überrascht. „Prunier? Ist das wahr, Monsieur Burma?"

„Muß wohl so sein. Prunier hat in der Branche gearbeitet. Er wird ermordet, und kurz darauf kommt Raphanel zu mir und beauftragt mich mit einer ähnlichen Angelegenheit. Ich hab nur zwei und zwei zusammengezählt."

„Der Kerl von Gisèle!" rief Beinchensteller aufgeregt. „Die anderen haben ihn umgelegt, ganz sicher. Haben bei ihm bestimmt 'n Haufen wahrer Schätze gefunden!"

„Schnauze!" schnauzte Schneewittchen. „Keine Miesmacherei! Soll dieser Prunier sich doch umbringen lassen, von wem er will. Kann uns egal sein, wir haben genug Vorsprung."

Anscheinend wollte er nicht mehr darüber reden.

„Hier, Burma", sagte er achselzuckend zu mir. „Ist das Ihr Raphanel?"

Er reichte mir ein Foto, das aus einem Zeitungsartikel ausgeschnitten worden war.

„Das ist er", antwortete ich. „Er hatte die Ehre, in der Presse zu erscheinen?"

Erneutes Achselzucken.

„Ich habe irgendeinen Kerl aus irgendeiner Zeitung genommen und ihm Bürstenhaare, Schnurrbart und Brille verpaßt. Ihr Raphanel kann jeder sein."

Das wollte er mir weismachen, aber ich ließ mich so schnell nicht reinlegen. Er nahm mir das Zeitungsfoto aus der Hand.

„Und jetzt trinken wir ein Gläschen, bevor wir uns wieder trennen. Wir können alle eine kleine Erfrischung gebrauchen."

Beinchensteller übernahm den Service mit der Geschicklichkeit eines ehemaligen Kellners. Unbekümmert goß ich den Kognak hinunter. Der Inhalt aller Gläser kam schließlich aus ein und derselben Flasche...

„Nun, Monsieur Burma", sagte der Pirat nach einer Weile, „ich bedaure, aber ich muß Sie leider einen oder zwei Tage aus dem Verkehr ziehen. Deshalb wäre es sehr nett von Ihnen – um jede Unruhe mit mißliebigen und unnötigen Folgen zu vermeiden –, wenn Sie Ihre Lieben von Ihrer vorübergehenden Abwesenheit informieren würden. Zum Beispiel sollten Sie Ihre Sekretärin anrufen."

Dies war ein Befehl, da brauchte ich mir nichts vorzumachen. Ich rief also brav Hélène an. Der Apparat stand im Nebenzimmer. Auf weichen Knien ging ich hinüber. In meinem Kopf drehte sich alles. Irgendwie hatten sie es geschafft, etwas in mein Glas zu schütten... außer dem Kognak. Zucker war es nicht...

Unmöglich, Hélène eine versteckte Botschaft zukommen zu lassen. Die Worte wurden mir von Schneewittchen souffliert, und seine Zwerge bewachten mich. Außerdem, welche Botschaft hätte ich Hélène zukommen lassen sollen?

„Und jetzt", sagte Ixe, als wir wieder in dem ersten Zimmer waren, „bringen wir Sie in Ihr Appartement. Noch einen Schluck zum Abschied?"

„Nein, danke. Er bekommt mir nicht, Ihr gepanschter Kognak."

Er brach in Gelächter aus. Ein sympathisches, offenes Lachen. Er amüsierte sich.

„Das war nicht der Kognak, das war der Tabak! Sie haben allerdings nicht ganz so reagiert, wie ich gehofft hatte. Die Wirkung des Rauschgifts ist eben eine Frage des Temperaments. Macht aber nichts! Auf jeden Fall werden Sie gut schlafen können."

„Gehn wir!" sagte Beinchensteller und packte mich am Arm.

„Und meine Sachen?" fragte ich und wies auf meine Habe.

„Wird nicht angerührt", sagte Ixe. „Sie bekommen alles bei Ihrer Haftentlassung zurück. Bis dahin ist es hier gut aufgehoben."

Er zog eine Lade des Aktenschrankes auf, und meine Habe wanderte zu meinem Revolver und verschiedenen Akten. Dann schloß er das Fach ab, winkte mir kurz zu, und ich verließ, eskortiert von Beinchensteller und Krummnase, das verrauchte Zimmer.

Als wir ans andere Ende des Korridors gelangten und uns gerade anschickten, eine Treppe hinunterzugehen, hörte ich eine Frau schreien.

* * *

Neben mir wurde eine Tür aufgerissen, und mir lief buchstäblich eine wildgewordene Schönheit in die Arme.

Die Frau war ungefähr dreißig Jahre alt, sehr schön, geschminkt wie für eine Filmszene und bekleidet mit einem schwarzglänzenden, enganliegenden Kleid mit gewagtem Dekolleté, seitlich sehr hoch geschlitzt, so daß ihr Schenkel bis über den Strumpfansatz zu sehen war. Ihre schwarze Haarpracht wirkte wie eine Nachthaube.

Ich hatte mich noch nicht von meiner Überraschung erholt, als ein mir unbekannter Mann in Überschallgeschwindigkeit durch die offene Tür geschossen kam, die schöne Frau packte und sie zurück in das Zimmer zerrte, aus dem sie eben geflohen war. Hinter ihnen fiel die Tür knallend ins Schloß.

Herrgott im Himmel! Donnerwetter! Wenn das keine Halluzination war... Die mit ihren Drogen!... Und wenn es eine Halluzination war, dann befand sich nichts hinter der Tür. Ich riß sie auf. Es war etwas dahinter. Die Schöne der Nacht war kein Gespenst. Sie war ein Mensch aus Fleisch und Blut – aus sehr schönem Fleisch – und wehrte sich in den Armen des blitzschnellen Mannes.

Im selben Augenblick (alles geschah sehr schnell, beinahe gleichzeitig) wurde ich zur Seite gestoßen und so in meinem Elan gebremst. Marquini stürzte ins Zimmer. Er hielt einen Revolver in der Hand.

„Warte, Paulot!" brüllte er. „Ich werd dich chloroformieren!"

Krummnase, der Beschützer der Damen! Der Mann, der alles sofort erledigt!

Beinchensteller riß mich nach hinten, so daß ich das Gleichgewicht verlor. Ich sah seine Faust von weitem auf mein Gesicht zufliegen. Dann hörte ich ein dumpfes Geräusch, gefolgt von Schmerzensgeheul und Flüchen. Schade, daß mir nicht zum Lachen zumute war...

Kurz bevor die Faust in meinem Gesicht landen konnte,

war ich zusammengesackt. Ganz ohne fremde Hilfe, aber auch ohne eigenen Willen. Es war nur so, daß meine Beine in Streik traten. Die Faust jedoch war so schön in Fahrt gewesen, daß Beinchensteller sie nicht mehr rechtzeitig bremsen konnte. Anstatt mein Gesicht zu treffen, knallte sie gegen die Wand.

Aber nicht nur das Geheul und die Flüche von Beinchensteller spielten die Begleitmusik zu seinem Skalptanz. Es hörte sich so an, als würde Marquini dem lüsternen Paulot ordentlich den Marsch blasen. Doch, es ging mächtig bewegt zu! Eilige Schritte wie Pferdegetrappel übertönten den Radau: Der weißhaarige Boß kam angerannt, um für Ruhe und Ordnung zu sorgen.

Plötzlich merkte ich, daß Beinchensteller mich mit Schlägen und Tritten traktierte. Hatte wohl seine Sondereinlage mit der Wand noch nicht verdaut. Ich kroch auf allen vieren über den Boden, und es hagelte nur so auf meinen Rücken und meine Nieren ein. Zum Abschluß traf mich sein Schuh im Gesicht.

„Aufhörn!"

Er hörte auf. Die heisere Stimme des Piraten schnauzte die wildgewordene Bande an. Nach und nach glätteten sich die Wogen, und es kehrte wieder Ruhe ein. Man stellte mich auf die Beine, die sich anfühlten wie Leberpastete. In meinem Schädel dröhnte es disharmonisch wie in einem verstimmten Klavier...

... Eins von beidem. Entweder ich hatte Flügel, oder man schleppte mich irgendwohin. Meine Füße schwebten über dem Boden. Um mich herum herrschte übel riechende Finsternis. Schwarz... Schwarz... Mein Gott! Das schwarze Kleid... Die dunkle, aufregende Schöne... War es nicht besser so? Auf jeden Fall war es ein Schritt voran. Alles weitere würde sich finden. Im Augenblick: ein enger Kreis von Zuschauern, ein Kreis von Vertrauten. Später dann: das große Publikum, das Volk! Und was will das Volk sehen? Brüste und Hintern will es sehen!

Der Schein einer Taschenlampe tanzte vor meinen Augen. Eine Tür quietschte in ihren rostigen Angeln. Kino. Alles nur Kino!

„Da rein!“ befahl mein Begleitschutz.

„Da rein“, das war ein Keller, in den durch ein vergittertes und mit Spinnweben verhangenes Glasfenster schwaches Licht fiel. Ein richtiger Kerker. Ich stolperte. Das bewies, daß ich auf eigenen Füßen stand. Ein Strohsack fing mich auf. Die Tür wurde geschlossen, ein Vorhängeschloß schnappte zu.

Endlich alleine!

Nestor Burma in einer Cinemascope-Produktion: *Die Eiserne Maske*. Nestor Burma, der neue Mann mit der eisernen Maske und einem furchtbaren Geheimnis. Ebenfalls im Programm: *Rita Cargelo bei den Gangstern; Rita und Paulot*, Szenenbild. Eine sehr schlechte Szene!

Wie eingebildet sie sind, diese Filmstars! Sie hätte mir ruhig guten Tag sagen können, eben, als sie mir in die Arme gelaufen war.

Ich streckte mich auf dem Strohsack aus, und beinahe sofort wurde abgeblendet.

9
Ausbruch

Als ich mit höllischen Kopfschmerzen wieder aufwachte, war der Tag bereits ziemlich fortgeschritten. Helles Sonnenlicht drang durch das Kellerfenster. Es war eine blasse Nachmittagssonne.

Ich stützte mich auf meine Ellbogen. Neben der Tür – einer richtigen Tür, nicht eine dieser kellertypischen Lattentüren – standen ein voller Wassereimer und ein wackliger Hocker, auf dem ein paar Sandwiches lagen. Waren wohl angeschleppt worden, während ich geschlafen hatte. Nun ja, die bösen Buben waren keine schlechten Kerle! Man durfte sie nur nicht verärgern, das war alles.

Ich stand auf und machte ein paar Schritte auf dem gestampften Boden. Ich fühlte mich wie der Boden: zerstampft. Meine Beine taten's wieder, aber mein Rücken und die Nierengegend...! Na ja, ich hatte mich schon in weitaus üblerer Verfassung kennengelernt. Ich nahm eins der Sandwiches vom Hocker und biß herzhaft und ohne Furcht hinein. Es lag bestimmt nicht in der Absicht der Gangster, mich zu vergiften. Was sie wollten, war lediglich, den dynamischen Detektiv eine Weile aus dem Verkehr zu ziehen. Wahrscheinlich mußten sie irgendeine Sache regeln und konnten mich dabei nicht gebrauchen.

Ich verdrückte das Sandwich und goß Wasser nach. Meine Pfeife suchte ich vergebens: Die Schweine hatten sie mir weggenommen.

Ich trat an das Kellerfenster und stellte mich auf die Zehenspitzen. So konnte ich gerade durch die Öffnung sehen. Ich befreite die Scheibe von den Spinnweben und warf einen Blick nach draußen. Die verrostete, schrottreife Karosserie eines ausrangierten Wagens versperrte mir die Aussicht. Wie zur

Begrüßung schickte eine unsichtbare Lokomotive ihren sehnsuchtsvollen Pfiff zu mir herüber. Dann hüllte sich alles wieder in Schweigen.

Und dieses Schweigen kam mir nach einer Weile, die ich – schweigend – auf dem Strohsack sitzend, den Kopf voller Fluchtgedanken, verbrachte, dieses Schweigen kam mir plötzlich recht merkwürdig vor. Ich hatte das Gefühl, daß ich ganz alleine in dem großen Gebäude war. Also war es nicht der richtige Augenblick, um untätig herumzusitzen und womöglich wieder einzuschlafen.

Ich ging zu der massiven Kellertür und untersuchte das Schloß. Eine Brechstange oder ein Hammer mußten genügen, um es zu zertrümmern. Ich hatte nicht mehr zu tun, als mir diese Werkzeuge zu besorgen. Leider lagen in diesem verfluchten Keller nur ein paar – fünf! – Stück Kohle herum. Doch hier in der Gegend mußte es eigentlich von Eisenstangen nur so wimmeln, überlegte ich mir. Vielleicht lag direkt vor dem Fenster in Reichweite ein geeignetes Stück herum.

Aus irgendeinem geheimnisvollen Grund hatte man die Fensteröffnung früher einmal verglast. Der Rost hatte den Schieberiegel fest im Griff, so daß man ihn nicht bewegen konnte. Es gab nur eine Möglichkeit: die Scheibe zu zertrümmern! Gedacht, getan. Ich zog einen Schuh aus und ließ das Glas splittern. Der Lärm lockte niemanden an, aus keiner Richtung.

Ich zog den Schuh wieder an und entfernte die gefährlichen Glasreste, die noch im Rahmen steckten. Dann nahm ich das nächste Hindernis, die Gitterstäbe, unter die Lupe. Sie standen zwar recht weit auseinander, doch das reichte nur, um einen Arm hindurchzuschieben. Ich packte einen der Stäbe und rüttelte an ihm. Er war fest verankert.

Neulich hatte ich einen Film gesehen (mit Rita Cargelo übrigens, sieh mal einer an!), in dem genau diese Maßnahme dem jungen Helden zur Flucht verholfen hatte. Er hatte an einem der Gitterstäbe seines Kerkerfensters gerüttelt und ihn so aus der Verankerung gerissen. Nun, entweder verfügte ich nicht über die richtige Rütteltechnik, oder aber die Szene war nicht in diesem Keller gedreht worden. Mein Gitterstab jedenfalls ließ sich keinen Zentimeter vom Fleck bewegen.

Daran sollte es nicht scheitern!

Ich rollte den Strohsack unter das Fenster und kletterte auf das weiche Podest. So konnte ich den Arm weiter hinausstrekken. Doch all das war für die Katz. Meine Hand fand nichts, was sich zum Zerschlagen des Türschlosses geeignet hätte.

Da entdeckte ich neben dem Schrottauto, das mir die Sicht versperrte, in etwa zwei Meter Entfernung ein verrostetes Winkeleisen. Es war an einem Ende abgeflacht und am anderen von Rost zerfressen, beinahe stachlig. Dieses angriffslustige Ding hätte mir bei meinem Vorhaben prima dienen können. Aber wie sollte ich drankommen? Sekundenlang starrte ich es wie hypnotisiert – oder um es zu hypnotisieren – an... Da hatte ich eine Idee.

Wieder zog ich einen Schuh aus. Nestor Burma mit seiner originellen Schuh-Striptease-Nummer! Doch jetzt brauchte ich nicht den Schuh, sondern die Schnürsenkel und einen Strumpf. Ich stopfte ein paar Kohlestücke in den Strumpf, verschloß ihn mit einem Schnürsenkel, verlängerte diesen mit seinem Gegenstück – und die Harpunenjagd konnte losgehen!

Gegen die Kellerwand gepreßt, einen Arm weit aus dem Fenster, schleuderte ich meinen Mini-Kohlensack in Richtung Winkeleisen.

Der Erfolg des Manövers war nicht besonders überzeugend. Ich hörte auf, meine Fehlversuche zu zählen.

Irgendwann jedoch klappte es. Durch einen guten Wurf oder rein zufällig legte sich der Nikolaus-Strumpf genau hinter die Zielscheibe. Die Nylonfasern verfingen sich am zerfressenen Ende des Eisens.

Achtung, aufgepaßt! Ich mußte es langsam zu mir heranziehen, geduldig, behutsam... Ich zog langsam und vorsichtig... Das Winkeleisen bewegte sich. Ich zog weiter... Prima! Es war mir gelungen, es zwanzig Zentimeter in meine Richtung zu bewegen. Langsam, aber sicher...

Plötzlich spürte ich keinen Widerstand mehr, und der gefüllte Strumpf kam alleine auf mich zu, kleinlaut, verlegen, so als schäme er sich seines Mißerfolgs. Na schön! Rom ist nicht an einem Tag erbaut worden. Paris auch nicht. Ich fing wieder von vorne an, versuchte es immer und immer wieder. Der Strumpf hakte sich fest, der Strumpf löste sich ... Doch mit jedem Festhaken gewann ich einige Zentimeter.

Schließlich hielt ich das verdammte Stück Eisen tatsächlich in der Hand. Ein schönes Stück, schwerer, als ich gedacht hatte.

Inzwischen war es Nacht geworden. Die Aktion hatte mich mehr ermüdet als ein Tag auf dem Bau. Ich setzte mich auf den Strohsack, um Strumpf und Schuh anzuziehen und die Schnürsenkel wieder durch die Löcher zu ziehen. Gleichzeitig erholte ich mich ein wenig. Das Haus verharrte immer noch in dieser anormalen Stille. Die Lebensmittellieferanten hatten sich nicht blicken lassen. Ich war mutterseelenallein.

Jetzt kam das Türschloß an die Reihe. Im Dunkeln machte ich mich an die Arbeit. Auch das war kein Honigschlecken! Es kostete mich viel Schweiß, um die Tür ein wenig zu verbiegen. Ein kräftiger Schlag gegen das Schloß müßte die Sache zu einem guten Ende führen. Ich holte aus, und wums!, es krachte. Aber nicht genug. Noch einmal zugeschlagen, und Sesam öffnete sich. Lustiges Detail am Rande: Die Tür quietschte nicht. Heute morgen hatte sie gequietscht, aber jetzt, nach der liebevollen Behandlung, die ich ihr hatte angedeihen lassen, gab sie keinen Ton von sich. Ich kann das Rezept nur empfehlen, falls jemand mal kein Öl im Hause hat ...

Mit dem Winkeleisen in der Hand verabschiedete ich mich von meinem Keller und schlich so leise wie möglich durch einen schmalen Gang. Ich war zwar davon überzeugt, daß sich keine Menschenseele in der Nähe befand, aber man soll das Schicksal nicht herausfordern.

Das Lästigste war, sich im Dunkeln voranzubewegen. Um in ein Loch zu fallen oder gegen irgend etwas zu stoßen, wäre es nicht der richtige Augenblick gewesen. Ohne Hoffnung auf Erfolg wühlte ich in meinen Taschen ... und fand ein Streichholzheftchen, das meine Bewacher übersehen hatten. Ich riß eins der flachen Streichhölzer an, und von nun an ging alles sozusagen wie von selbst.

Ich kam an eine Treppe und ging hinauf. Erdgeschoß. Die Treppe führte in die oberen Etagen. Ich ließ mich führen und wurde von niemandem daran gehindert. In der ersten Etage folgte ich einem Korridor, einem Knick...

...und blies das Streichholz aus. Unbeweglich lauschte ich einer Stimme:

„...ins Krankenhaus gebracht. Vom Kontinental-Funk hörten Sie die 22-Uhr-Nachrichten."

Ein Gong ertönte, dann fuhr eine spöttische Stimme fort:

„Wie soeben angekündigt..."

Das Radio wurde ausgeschaltet. Wieder herrschte absolute Stille. Allem Anschein nach befand ich mich doch nicht alleine in dem Gebäude.

Einige Schritte von mir entfernt sah ich einen Lichtstreifen auf dem Boden. Höchstwahrscheinlich kam er unter einer Tür hervor. In Höhe des Schlüssellochs leuchtete ein heller Fleck. Ich näherte mich auf leisen Sohlen und preßte mein Auge an diesen hellen Fleck.

Trotz des begrenzten Blickfeldes erkannte ich den Raum, in dem Schneewittchen mich empfangen hatte. Ein Mann saß an einem Tisch. Ich konnte nur seinen Rücken sehen. Der Haltung nach zu urteilen, war es Marquini, die Krummnase. Auf dem Aktenschrank standen noch die Flasche und die Gläser. Der Schrank war jetzt geöffnet. Um so besser! Ich brauchte ihn also nicht aufzubrechen. Doch das Winkeleisen, das ich zu diesem Zweck mitgebracht hatte, sollte nicht untätig bleiben. Oh nein...

Der Kerl schob den Stuhl zurück und stand auf. Es schien so, als mache er sich im Stehen an etwas zu schaffen. Als Ergebnis dieser Arbeit hielt er jetzt einen Aktenordner in der rechten Hand. Er ging zum Schrank und legte den Ordner in die offene Schublade. Dann näherte er sich der Tür. Es war tatsächlich Krummnase.

Ich huschte zur Seite und drückte mich gegen die Wand. Meine Hand umklammerte das Stück Eisen. Die Tür öffnete sich. Auf den Boden und die gegenüberliegende Wand fiel ein großer, rechteckiger Lichtfleck, auf den der riesige, deformierte Schatten des Gangsters projiziert wurde. Er hatte noch keinen halben Fuß in den Korridor gesetzt, als ich ihm auch schon einen ordentlichen Schlag auf den Hinterkopf verpaßt hatte. Sein Hut flog auf den Boden, und Krummnase kniete nieder. Eine zusätzliche Kopfnuß mit dem flachen Ende des Winkeleisens, und es war vorbei. Sein Gesicht küßte mit einem leisen „bum“ den Boden. Vielleicht hatte der Aufprall seine schiefe Nase geradegesetzt.

Ich drehte den Körper auf den Rücken, tastete ihn ab und erleichterte ihn um sein Schießeisen. Als nächstes stürzte ich ins Zimmer zu dem Aktenschrank. Zuerst nahm ich meine persönlichen Sachen an mich: Revolver, Brieftasche, Pfeife und Schlüssel. Dann stopfte ich Akten und Ordner in eine herumliegende Ledertasche. Diese Schriftstücke wollte ich mir später in aller Ruhe ansehen.

So bepackt, ging ich zu der Tür, die das Haus mit der Werkshalle verband. Sie war verschlossen, doch der Schlüssel steckte – auf meiner Seite! – im Schloß. Der vertraute Geruch nach altem Öl schlug mir entgegen, als ich auf die Eisentreppe hinaustrat. Bis jetzt lief alles wie am Schnürchen, aber dennoch war ich etwas nervös. Mein Instinkt sagte mir, daß ich noch nicht entkommen war. Deswegen machte ich auch kein Licht. Außerdem war es eine helle Nacht. Durch den verglasten Teil des Daches sah man die Sterne funkeln.

Ich sah meinen Wagen und lief zu der Hallentür, um sie zu öffnen. Außer einem Schloß versperrte ein Querbalken den unbefugten Zugang. Ich entfernte ihn, schob einen Flügel auf… und zog ihn sofort wieder zu.

Eine Gruppe dunkler Gestalten kam den Weg hinaufgeschlichen, der den Autofriedhof in zwei Teile teilte.

Ich trat den Rückzug an und versteckte mich unter einer Werkbank, hinter einem Maschinenwrack.

Es wurde auch höchste Zeit. Die drei oder vier Männer betraten die Halle. Auch sie empfanden kein Bedürfnis, das Licht anzuknipsen. Mit ihren Taschenlampen leuchteten sie in alle Richtungen.

„Moment, Paulot", sagte jemand. „Irgend etwas stimmt hier nicht. Wieso stand die Tür offen?"

Die Stimme war unpersönlich und tonlos wie die eines Mannes, der sehr müde ist. Die tonlose Stimme des Todes! Ein Schauer lief mir über den Rücken. Neben diesem Todesengel wirkte Schneewittchen wie eine Stimmungskanone.

„Tja, M'sieur Frédéric", antwortete Paulot respektvoll, „also, ich muß sagen, ich finde das auch komisch. Aber vielleicht hat das ja nichts zu sagen. Kann sein, daß Marquini ein bißchen frische Luft schnappen wollte."

„Frische Luft schnappen? Na ja... Kein Grund zur Panik... Wollte es nur gesagt haben. Nicht, daß du so tust, als wolltest du den Professor hereinlegen, und uns dann in eine Falle lockst! Würde dir nicht gut bekommen, Paulot!"

Paulot protestierte mit seinem ehrlichsten Verrätergesicht. Es wurden noch ein paar heftige Worte über die offene Tür gewechselt. Dann entschlossen sie sich, in dem angrenzenden Haus zu verschwinden, und gingen die Eisentreppe hinauf.

Oben angekommen, stießen sie erneut überraschte Laute aus. Noch eine Tür, die einfach so aufging! Seltsam! Und dann der Clou: Sie entdeckten Marquini. Alles schrie durcheinander. Wie ich zu verstehen glaubte, war Krummnase nicht grade ihr bester Kumpel; aber ihn hier so zu finden, zusammengeschlagen von jemand anderem als ihnen selbst, das verstärkte M'sieur Frédérics Mißtrauen erheblich. Ich fühlte mich in meiner Haut zwar nicht besonders wohl, aber wohler, als ich mich in Paulots Haut gefühlt hätte. Seine Lage war wirklich nicht beneidenswert. Ich verließ kurz meinen Unterstand und riskierte einen Blick auf die Szene.

Die Freunde geschlossener Türen hatten die Verbindungstür zum Wohnhaus offenstehen lassen. Das Licht aus dem Korridor erhellte einen Teil der Halle.

Ich lauschte. Sobald sie sich auf die verschiedenen Zimmer verteilten, konnte ich versuchen, mich aus dem Staub zu machen... Denkste! Sie standen immer noch im Korridor. Ich hörte sie, als ob...

Ich hörte aber auch noch etwas anderes: Motorengeräusch von draußen.

Schnell verkroch ich mich wieder unter der Werkbank.

Ein Auto fuhr in die Werkshalle, so als sei es hier zu Hause. Schob einfach die angelehnte Tür mit der Schnauze zur Seite. Mit quietschenden Bremsen kam der Wagen neben meinem zum Stehen. Männer sprangen heraus. Nach ihren Worten zu urteilen, waren auch sie überrascht. Ich erkannte die wohlklingende Stimme meines Beinchenstellers und die des „Professors", wie ihn die anderen nannten. Sie liefen zur Eisentreppe und polterten lärmend hinauf.

„Was ist denn hier los?" fragte ein ganz Neugieriger.

Gleich darauf knallte es, entweder als Antwort auf die dumme Frage oder als Bekräftigung. Die Verbindungstür oben an der Treppe war ins Schloß gefallen.

Mich erwartete hier nichts mehr, höchstens – wenn ich noch länger zögerte – ein Loch in der Stirn. Verschwinde, Nestor, verschwinde wie der Furz im Winde!

Ich sprang in meinen Wagen, legte den Rückwärtsgang ein und gab Gas. So etwas sieht man sonst nur im Zirkus. Hier und da nahm ich ein paar Gegenstände mit, doch das war im Moment nicht so wichtig. Ohne weitere Schwierigkeiten fuhr ich durch die sperrangelweit offenstehende Hallentür nach draußen und raste über den Autofriedhof. Links und rechts nichts als deprimierende Wracks.

Kurz darauf bog ich in einen etwas besser befahrbaren Weg ein. Parallel neben mir, nur durch einen Bretterzaun getrennt, keuchte eine Lokomotive. Ich fuhr jetzt in normalem Tempo. Nach einer Weile sah ich vor mir zwei Brückenbögen, die sich gegen den relativ hellen Nachthimmel abhoben.

Ich erkannte die Gegend wieder. Ich war schon einmal hier

gewesen, damals, als es um eine vergiftete Radiosprecherin ging.

Auf der anderen Seite der Bahnlinie lag Châtillon-sous-Bagneux. Die erste Straße rechts führte zur Porte d'Orléans.

Mitternacht war kaum vorbei, als ich hundemüde, aber überglücklich in meinem eigenen Bett in der Rue de Mogador lag.

10

Ein Reeder driftet ab

Am nächsten Morgen um acht Uhr erwachte ich, frisch wie ein Minister. Meine erste Arbeit nach dem Kaffee bestand darin, die Akten aus der Räuberhöhle zu studieren.

Außer drei Exemplaren eines freizügigen Magazins zur Entdeckung vielsagender Sterne befanden sich rund zehn Zeitungsartikel darunter, die sich mit der bevorstehenden „Hochzeit des Jahrhunderts" befaßten: mit der Hochzeit des internationalen Filmstars Rita Cargelo und des reichen, allseits bekannten Reeders Louis Rigaud (links im Bild).

Fotos machten übrigens den größten Teil meiner Beute aus. Ein ganzer Stapel: Negative, so schwarz wie manche Seelen, und Abzüge, so glänzend wie Stahlklingen. Hübsche, neue Fotos, freigegeben ab achtzehn Jahren, von dem schönen Araber, den wir bei den Gangstern schlafend überrascht hatten, und von Rita Cargelo, als Star natürlich, wie nicht anders zu erwarten.

Ich schüttete mir etwas Wasser ins Gesicht, rasierte mich, trank noch einen Schluck Kaffee, zündete mir ein Pfeifchen an und wählte Hélènes Privatnummer.

„Hallo, ich bin's!" meldete ich mich. „Es könnte für Sie von Interesse sein, ins Büro zu kommen! Ich bin nämlich früher zurück als erwartet."

„Ach ja?" erwiderte Hélène. „Meinen Sie, wenn Sie nicht da sind, vernachlässige ich meine Arbeit? Mein lieber Chef, als wir das letzte Mal miteinander telefonierten, hatten Sie nicht so eine große Klappe!"

„Da war ich auch in den Händen von Gangstern. Sie hatten mich gekidnappt, wie einen Säugling. Aber ich bin ihnen entwischt."

Ich berichtete ihr von meinem Abenteuer.

„Tolle Leistung!“ rief sie. „Zum Glück können Sie sich jetzt so richtig ausruhen.“

„Ach! Und warum?“

„Wir haben keine Klienten mehr. Keine, im Plural.“

„Was erzählen Sie da?“

„Die Wahrheit. Gehen Sie ins Büro und sehen Sie in der obersten Schublade meines Schreibtischs nach. Dort finden Sie nämlich, was ich gestern mit der letzten Post erhalten habe: Einen Gepäckschein von der Gare de Lyon. Gewöhnlicher Briefumschlag ohne Absender, Poststempel vom Boulevard Diderot. Ich glaube, das sind die Nippesfiguren von Dr. Clarimont, besser gesagt, ein Teil davon, um die Verhandlungen in Gang zu bringen. Der Fall wäre also so gut wie erledigt. Nun zu Raphanel. Er hat bei der Concierge einen Umschlag mit fünfhunderttausend alten Francs und einem Brief hinterlegt oder hinterlegen lassen. In dem Brief dankt er Ihnen ganz herzlich für all Ihre Bemühungen, hält es jedoch für unnötig, die Ermittlungen, mit denen er Sie beauftragt hat, weiterzuführen. Daher die fünfhundert Riesen, für Ihre Auslagen und andere Umstände oder so. Fünfhunderttausend! Nicht schlecht, was?“

„Das ist sogar sehr gut! Besser, als Sie sich denken können. Schön! Kreuzen Sie baldmöglichst hier auf. Bis gleich!“

Ich ging hinunter in die Agentur, um mir die Neuigkeiten von nahem zu besehen. Der Gepäckschein sah aus wie ein Gepäckschein. Ich legte ihn in meine Brieftasche. Raphanels Schrieb wanderte ebenfalls in meine Brieftasche. *Aus persönlichen Gründen halte ich es für besser*... Ja. Fünfhunderttausend alte Francs. Monsieur Raphanel kam es auf ein halbes altes Milliönchen nicht an. Und dennoch konnte der Mann einem leid tun.

Ich grübelte noch über dieses Thema nach, als Hélène ins Büro trat.

„Erzählen Sie doch noch einmal“, forderte sie mich auf. „Ihr Abenteuer ist wirklich äußerst interessant.“

Ich garnierte meinen Bericht mit Kommentaren, Vermutungen und verschiedenen Schlußfolgerungen und genoß die Verblüffung meiner Sekretärin. Dann ließ ich sie mit ihren erstaunten Augen alleine und fuhr zu dem Bahnhof, von dessen Gepäckaufbewahrung der Schein stammte.

* * *

Der Eisenbahnbeamte am Gepäckschalter war ein aufgeweckter, freundlicher Junge. Mit meinem Schein bewaffnet, begab er sich in die Tiefen der Ablagefächer. Als er mit einem schäbigen Handkoffer wieder hervorkam, sah er weniger freundlich aus. Er kam nicht direkt zu mir, sondern schlug einen Haken, um mit einem älteren Mann zu sprechen, der die Waage beobachtete. Der Ältere hörte ihm zu, sah zu mir herüber, hob die Schultern und schickte den Jungen offensichtlich zum Teufel. Schließlich stellte dieser – ich meine den Jungen – den Koffer vor mir auf die Schalterablage.

„Hier, M'sieur."

„Danke. Ist irgendwas, Toto?" fragte ich, da mir mein Instinkt keine Ruhe ließ.

„Nein, nein, alles in Ordnung", beeilte er sich zu antworten. „Nur daß ich krank bin. Muß mich krankhaft um Dinge kümmern, die mich nichts angehen. Sie geben mir einen Schein, und ich muß Ihnen den entsprechenden Koffer aushändigen. Das ist alles."

„Sehr gut, Toto. Ich stecke nämlich auch immer meine Nase in Dinge, die mich nichts angehen. Hier, schauen Sie mal!"

Ich klappte meine Brieftasche auf und hielt ihm meine Visitenkarte mit der Bezeichnung „Privatdetektiv" hin.

„Ja, und?" fragte er.

„Ja, und ich glaube, daß Sie den Koffer angenommen haben, daß Sie sich an den Kunden erinnert haben, weil der etwas an sich hatte, an das man sich gut erinnern kann – womöglich kennen Sie ihn sogar – und daß Sie bemerkt haben, daß ich nicht jener Mann bin. Stimmt's?"

„Ja, M'sieur..."

Er wurde wieder lebhafter. Seine Augen leuchteten.

„Privatflic!“ murmelte er. „Scheiße...“

Nach diesem Ausruf der Bewunderung schlug ich ihm ein Geschäft vor:

„Ein Zehner für Sie, wenn Sie mir verraten, was an dem Mann so bemerkenswert war.“

„Das war kein Mann, das war 'ne Frau. Vielleicht nicht sehr hübsch, aber groß und elegant, gekleidet wie 'ne Königin. Mir ist das aufgefallen wegen dem Koffer... Ist wirklich der letzte Ramsch, hm? Ich meine den Koffer... Paßte überhaupt nicht zu der Frau.“

„Wann hat sie ihn aufgegeben?“

„Letzten Samstag, so gegen 23 Uhr. Wollen Sie 'ne Beschreibung?“

Was er wollte, das war vor allem der versprochene Zehner!

„Ja, klar!“ antwortete ich.

„Tja, also... äh... Kein hübsches Gesicht, aber auch nicht häßlich. So dazwischen... Würd sie, glaub ich, gar nicht mal wiedererkennen, wenn ich sie sehen würde. Also, ich will Ihnen nichts vormachen. Vor allem hab ich auf ihre Figur geachtet. Ich meine, groß, elegant, wie 'ne Königin. Und die Haare! Wie in 'ner Modezeitschrift, bei den Mannequins, oder im Film, wissen Sie? Sah wie 'ne toupierte Perücke aus.“

Eine elegante, große Frau, gekleidet wie eine Königin, mit toupierten Haaren, weder hübsch noch häßlich, so dazwischen... Das war wirklich keine zehn Francs wert, zumal der Junge vermutlich phantasierte. Außerdem wußte ich nicht, ob mir seine Auskünfte nützlich sein würden, egal, was sich in dem Koffer befand. Aber schließlich hatte ich mit der Fragerei angefangen und ihm das Geschäft vorgeschlagen. Ich gab dem aufgeweckten jungen Beamten den Schein.

* * *

Zurück in der Agentur, öffnete ich das Köfferchen, indem ich das billige Schloß aufbrach.

Das Gepäckaufbewahrungsstück enthielt, in altes Packpapier gewickelt, die Jadefiguren, die Dr. Clarimont geklaut worden waren. Ich verglich sie mit den Abbildungen und den Beschreibungen, dann überprüfte ich noch einmal die Liste, die der Arzt mir ausgehändigt hatte. Alles stimmte überein, und nichts fehlte.

„Hier sollen keine Verhandlungen in Gang gebracht, sondern der Kram soll schlicht und einfach zurückgegeben werden“, sagte ich zu Hélène, die die Bergung des Schatzes beobachtete. „Die Diebe wollten die Beute loswerden, weil sie sie entweder nicht verbimmeln können oder weil es einen Toten gegeben hat.“

„Auf jeden Fall verhalten sie sich doch hochanständig“, bemerkte meine Sekretärin. „Die Ware am Gepäckschalter aufzugeben und Ihnen den Schein zuzuschicken! Normalerweise bevorzugen solche Leute einen Gully...“

„Diese Vorzugsbehandlung verdanken wir zweifellos der eleganten Königin, die zu der Bande gehört. Na ja, das ist ja nicht so wichtig. Ich sollte die Figuren wiederfinden. Ich habe sie wiedergefunden. Ich werde den Arzt benachrichtigen.“

Ich rief in Sceaux an, LAKanal 45-67, doch ohne Erfolg. Auch das war im Augenblick nicht so wichtig. Es konnte warten. Ich hatte Dringenderes zu erledigen.

Ich legte den Hörer erst gar nicht auf die Gabel und rief meinen Mitarbeiter Reboul an.

„Hallo! Reboul? Sagen Sie... Das Haus in der Avenue Niel, das mit den drei Ausgängen, durch die Raphanel euch entwischt ist... Wie war die Hausnummer?... 18a?... Danke.“

Und sogleich folgte das nächste Telefongespräch: Immobilienbüro Chambon, Avenue du Maine.

„Hallo! Monsieur Chambon bitte... Monsieur Pavin... Von Monsieur Rigaud, Louis Rigaud... Ah, Monsieur Chambon? Guten Tag, Monsieur. Hier Pavin. Ich bin ein Freund von Monsieur Rigaud. Er hat mir geraten, Sie anzurufen... Sie verwalten doch seine Immobilien, nicht wahr?“

„Ja, das stimmt.“

„Na, wunderbar! Monsieur Rigaud hat mir erzählt, daß in seinem Haus in der Avenue Niel eine Wohnung frei wird."

„Sie setzen mich in Erstaunen, Monsieur..."

„Ach, gehört denn Monsieur Rigaud nicht das Haus Nr. 18a?"

„Doch, es gehört Monsieur Rig..."

Schlagartig wurde er sich bewußt, daß er am Telefon munter Berufsgeheimnisse ausplauderte, falls es bei Immobilienmaklern so etwas überhaupt gibt. Er räusperte sich und sagte geschäftsmäßig:

„In der Avenue Niel ist nichts frei, Monsieur."

„Nun setzen Sie mich aber in Erstaunen!" rief ich erstaunt. „Monsieur Rigaud hat mir versichert... Moment... Entschuldigen Sie, wir meinen doch beide Louis Rigaud, den Reeder, nicht wahr?"

Monsieur Chambon gefielen meine Fragen ganz und gar nicht.

„Wie war noch gleich Ihr Name, Monsieur?" fragte er.

„Pavin", antwortete ich. „Wie Sie."

„Wie ich?"

„Ja, wie Sie. Der Pavin-See liegt nicht weit vom Chambon-See entfernt. Waren Sie schon mal in der Auvergne?"

Ohne die Antwort auf diese interessante Frage abzuwarten, legte ich auf. Ein kleiner Witzbold, unser Nestor!

Ich steckte meine Nase wieder ins Telefonbuch und griff dann zum Apparat, um die Nummer einer bestimmten Villa in der Avenue Foch zu wählen. Gleich nach dem ersten Klingeln wurde abgehoben. Der Kerl mußte direkt vor dem Telefon auf der Lauer liegen. Ich sagte nichts, wartete nur darauf, daß der andere sich meldete.

„Hallo!" kam es durch die Leitung. „Mit wem möchten Sie sprechen?"

Ich erkannte seine Stimme wieder, obwohl sie verändert klang. Es war die müde Stimme eines müden Mannes, der von einem Telefongespräch nichts als Katastrophen erwartet.

„Monsieur Rigaud?" schnurrte ich wie ein Kater.

„Am Apparat. Wer spricht dort?"

„Burma. Nestor Burma, Privatdetektiv. Ich rufe Sie wegen Etienne Raphanel an."

Ich machte eine Pause, für den Fall, daß der andere mir etwas sagen wollte. Er wollte nicht. Er atmete nur etwas heftiger.

„Ich würde Sie gerne treffen", fuhr ich fort. „Sagen wir... heute nachmittag. Ich möchte Ihnen ein paar Fotos zeigen."

„Fotos..."

Er sprach wie im Traum, mit einer Idee schmerzhafter Ironie im Unterton. Er seufzte.

„Sie hatten kein Vertrauen, nicht wahr?"

„Aber, aber, Monsieur Rigaud!" lachte ich. „Sie haben doch selbst keins!"

„Oh, streiten wir uns nicht am Telefon. Kommen Sie um 15 Uhr zu mir, wenn Sie wollen."

So reich er auch war, es gab Aufgaben, die niemand für ihn übernehmen konnte.

* * *

Die Mittagsausgabe des *Crépuscule* erschien mit einer riesigen Schlagzeile: *Abrechnung unter Rauschgifthändlern.* Der Untertitel verkündete: *Vier Tote.*

Nach meinem Verschwinden waren die Gangster also nicht untätig geblieben. Die vier Toten („bekannte Ganoven und Dealer"), deren Fotos abgebildet waren, hießen Edmond Marquini, Frédéric Villec, Gabriel Vassard und Paul Fourquay... Paulot, der hinter Rita Cargelo hergewesen war!

Der Artikel (von Marc Covet signiert) berichtete, daß Paulot seine schweren Verletzungen nur ein paar Stunden überlebt hatte. In dieser Zeitspanne hatte er das eiserne Gesetz des Schweigens gebrochen und ausgepackt. Unter anderem hatte er die verschiedenen Schlupfwinkel eines Drogenkönigs verraten, der von den Flics bisher nicht gefaßt werden konnte: Philippe Besson alias „der Alte" alias „der Professor" (wegen seiner weißen Haare und seines vornehmen Benehmens). Nur über die Gründe für die Schießerei hatte Paulot sich ausgeschwiegen.

Der Professor, von seinen Fluchtburgen abgeschnitten „wie die Dealer momentan von ihren Bezugsquellen", würde der Polizei bald ins Netz gehen, so vermutete man.

Für vierzig Centimes konnte man auf den nächsten Seiten „alles über den tödlichen Streit" erfahren, „so als wären Sie dabeigewesen".

Der Schauplatz: Bagneux, in der Nähe des Sackbahnhofs. Ein alleinstehendes Gebäude mitten auf freiem Gelände, das als Schrottplatz diente. Paulot war gleich zu Anfang der lärmenden Auseinandersetzung schwer verletzt worden und hatte sich zwei Stunden lang auf dem Autofriedhof versteckt. Um ein Uhr nachts hatte er sich bis zu einer etwas belebteren Straße schleppen können. Ein später Passant war ihm zu Hilfe geeilt und hatte die Polizei alarmiert.

Erste Aussage von Paulot über den Ort des tödlichen Geschehens und Besuch desselben durch die Ordnungshüter. Dort Entdeckung der drei Leichen. Später dann genauere Untersuchung des Schießplatzes, die – neben anderen, unwichtigen Einzelheiten – ergab, daß ein Raum des Wohnhauses als Fotolabor eingerichtet worden war.

Jeder hat das Recht, seine Fotos selbst zu entwickeln. Deswegen schien man diesem Umstand nicht viel Bedeutung beizumessen. Um Paulot nach einer Erklärung dafür zu fragen, war es dann allerdings zu spät gewesen: Der Gangster war inzwischen seinen Verletzungen erlegen.

Apropos Verletzungen: Man glaubte zu wissen, daß es auch den Professor erwischt habe. Verhaftungen standen unmittelbar bevor. Wie üblich; insbesondere suchte man den Eigentümer des tragischen Gebäudes, einen zwielichtigen Schrotthändler. Er schien sich in Luft aufgelöst zu haben.

Daß von einem Fotolabor die Rede war, deutete ich als gutes Zeichen. Man wäre schweigend darüber hinweggegangen, hätte man gewisse Fotos entdeckt... Kompromittierende

Fotos... Anlaß für das Blutbad, wie ich vermutete. Zum Glück hatte ich wohl alles zusammenraffen können.

Und dieses „alles" beulte nun die Ledertasche aus, mit der ich um 15 Uhr in der Avenue Foch erschien.

* * *

Er trug keinen Schnurrbart mehr. Auch die Brille war verschwunden. Nur seine schlaffen Gesichtszüge, die er schlecht verheimlichen konnte, waren geblieben. Die für sein Vorgehen nötigen Bürstenhaare waren dabei zu wachsen und würden schon bald ihre normale Länge wiedererlangt haben. Wenn er gelächelt hätte, wäre er dem Foto in den Zeitungen vollkommen ähnlich gewesen („der Bräutigam des Jahrhunderts, der charmante und reiche Reeder Louis Rigaud, auf dem Foto links"). Louis Rigaud für die Zeitungsleser, Etienne Raphanel für Nestor Burma.

Ein stocksteifer Butler führte mich und meine Ledertasche in einen Salon mit geöffneten Fenstertüren, die auf einen sonnigen Garten hinausgingen. Der große Raum war luxuriös eingerichtet. An den Wänden hingen Gobelins, auf denen Karavellen und Galeonen abgebildet waren.

Rigaud-Raphanel stand mitten im Salon. Der Blick seiner grauen Augen glich dem eines verwundeten Tieres.

Ich ging sogleich zum Angriff über:

„Ich bin nicht als Feind gekommen. Sie haben mir einen Auftrag erteilt, und ich habe ihn ausgeführt. Als Sie mir dann den Auftrag entzogen, war alles schon unter Dach und Fach. Ich bin nur gekommen, um Bericht zu erstatten."

Er betrachtete mich regungslos. Ich öffnete die Tasche, holte einige Fotos heraus und reichte sie ihm. Er nahm sie mit zusammengebissenen Zähnen und angewidertem Gesichtsausdruck entgegen.

„Ich habe allen Grund zu der Annahme", sagte ich, „daß der manipulierte Abzug, dessen Herkunft ich ermitteln sollte, bereits mehrere Jahre alt ist. Diese Fotos hier, alle mit derselben Darstellerin, wenn ich das mal so sagen darf, sind neueren Datums. Ich nehme an, daß man Ihnen ein paar Kostproben hat zukommen lassen, oder?"

„Ja", erwiderte er.

Er hatte seine Sprache wiedergefunden!

„Man", fuhr ich fort, „ist in diesem Falle ein eleganter Herr mit ehrwürdig weißen Haaren und einem weißen Augenfleck, der ihm einiges von seiner Vornehmheit nimmt."

Er nickte zur Bestätigung. Immer noch stand er wie angewurzelt mitten im Raum.

„Er hat Sie angerufen, hat Ihnen ein Geschäft vorgeschlagen, Sie sind sich einig geworden, und eine der Bedingungen für diese Einigung war es, mir den Auftrag wieder zu entziehen, damit ich nicht weiter herumschnüffele. Stimmt's?"

„Ja."

„O.k. Diesen Aspekt des Problems wollte ich erst einmal geklärt haben. Ausgezeichnet. Und nun, Monsieur Rigaud, wie finden Sie die Fotos? Gut imitiert, was?"

„Imitiert?" rief er aus.

„Sie werden mir doch nicht erzählen wollen, daß Sie glauben, Mademoiselle Cargelo posiere tatsächlich auf diesen Fotos, oder? Gut gemacht, einverstanden. Ich muß gestehen, daß auch ich darauf hereingefallen bin. Ich habe die... äh... Schöpfung im Arm gehalten, ihr Gesicht war zehn Zentimeter von meinem entfernt. Als ich dann aber darüber nachdachte, warum sie mich nicht wiedererkannt hat... Sie wissen doch sicher, daß ich die Bekanntschaft Ihrer Verlobten gemacht habe, nicht wahr? Hab neulich ein wenig mit ihr geplaudert, in Cannes, als ich die Tochter eines Ihrer Freunde suchte: Simone Coulon."

„Ja, ich weiß."

„Auf dem Festival hab ich Sie gar nicht gesehen, Monsieur Rigaud..."

„Ich war nicht in Cannes."

„Also, wie gesagt, die imitierte Frau hat mich nicht wiedererkannt, und das hat mir zu denken gegeben."

Er blieb weiterhin einsilbig. Begriff offenbar nicht ein Viertel von dem, was ich ihm erzählte. Aber er sagte etwas. Immerhin ein Fortschritt!

„Ja, ich weiß sehr wohl, daß die Frau auf den Fotos nicht Rita ist. Rita hat von Geburt an ein besonderes Merkmal, das die Imitation, wie Sie es nennen, nicht besitzt. Aber von diesem Detail abgesehen, ist die Ähnlichkeit frappierend. Ich war eben so überrascht, weil ich es für unmöglich hielt, daß jemand außer mir diesen Betrug durchschauen könnte... Großer Gott, so eine Ähnlichkeit! Man könnte sie für Zwillingsschwestern halten! Wie ist das nur möglich? Eine Doppelgängerin?"

„Eine künstlich hergestellte, ja. Pornozeitschriften bilden häufig Modelle ab, die bekannte Schauspielerinnen mehr oder weniger ähnlich sehen. Das gibt dem Ganzen die nötige Würze. Ein guter Maskenbildner und ein guter Fotograf können die Ähnlichkeit noch verstärken."

Fassungslos hob Rigaud die Schultern.

„Leider ändert das nichts an dem Problem. Doppelgängerin oder nicht, wenn diese Fotos in Umlauf gebracht werden, so wie es der Mann angedroht hat..."

„Immer mit der Ruhe! Lassen Sie sich nicht gleich verrückt machen!"

Ich schüttete den gesamten Inhalt der Tasche auf ein rundes Tischchen. Einige Fotos fielen auf den Boden.

„Das sind die Waffen von Bresson, dem Professor. Negative und Positive. Und dies hier ist ein Geschenk des Hauses *Fiat Lux*, Privatdetektei."

Ich zog eine Schachtel Streichhölzer aus der Tasche, legte sie auf den Bilderhaufen und wies auf den Kamin, über dem in Öl ein ehrwürdiger Alter mit Bart thronte, wahrscheinlich ein Vorfahre meines weniger ehrwürdigen Klienten.

„Verbrennen Sie den ganzen Kram, dann wird Ihnen wärmer ums Herz! Und machen Sie sich keine Gedanken! Der vornehme Drogen-Erpresser hat ausgespielt. Sein Unternehmen ist geplatzt. Zur Zeit hat er andere Sorgen."

Rigaud konnte sich nicht sogleich entschließen. Doch dann nahm er die Fotos, ganz langsam, warf sie in den Kamin und riß ein Streichholz an. Flammen schossen hoch, das Fotomaterial brannte schnell und fröhlich. Die Abzüge krümmten sich im Feuer. Der Reeder betrachtete stumm das Spiel der Flammen, stocherte mit dem Schürhaken darin herum. Dann kam er zu mir und gab mir meine Streichhölzer zurück, was ziemlich lächerlich wirkte.

„Haben Sie vielen Dank", sagte er. „Das ist alles sehr hübsch, aber es existieren noch die anderen."

„Die anderen?"

„Ja, die Fotos von früher. Die richtigen!", er schrie beinahe. „Ich will offen mit Ihnen reden, Monsieur Burma: Es existieren Fotos, die..."

„Existier*ten*, wollen Sie wohl sagen", unterbrach ich sein Geständnis. „Glauben Sie denn, unser Erpresser hätte sich die ganze Mühe mit dem Ersatzprodukt gemacht, wenn er die Fotos von früher besäße? Ja, er hat sich eins davon besorgen können, durch eine groß angelegte Aufkaufaktion; und das hat er Ihnen geschickt, um mit Ihnen ins Gespräch zu kommen. Dafür brauchte er ein echtes Foto von früher. Machen sie sich also keine Sorgen mehr darum. Die alten Fotos sind schon seit langem vom Markt verschwunden."

Er wägte das Für und Wider meiner These ab, wobei er von einem Fuß auf den andern trat. Plötzlich nahm er meine Hände und drückte sie.

„Ja, ich glaube, Sie haben recht", seufzte er. „Nochmals vielen Dank! Und... ich... Entschuldigen Sie, aber ich habe mich Ihnen gegenüber nicht sehr korrekt verhalten, und..."

„Schon vergessen. Aber ich hätte doch noch gerne ein paar Erklärungen von Ihnen. Setzen wir uns und plaudern wir ein wenig."

„Aber... Ja, natürlich, wenn Sie meinen... Wenn Sie meinen..."

Ich nahm in einem Sessel Platz. Rigaud läutete und setzte sich ebenfalls. Der stocksteife Butler erschien, verschwand, erschien wieder mit Getränken und verschwand wieder. Als die Gläser gefüllt waren, zündete ich mir meine Pfeife an und sagte:

„Wir sitzen hier beinahe so zusammen wie am Freitag letzter Woche, als Monsieur Raphanel mich in meinem Büro aufgesucht hat. Am besten, wir knüpfen dort wieder an, wenn es Ihnen recht ist. Also, Sie hatten das besagte Foto durch die Post erhalten..."

„Ja, etwa drei Wochen, bevor ich zu Ihnen gekommen bin. An mich persönlich adressiert, per Einschreiben. Ich habe Ihnen gesagt, ich hätte den Umschlag vernichtet. Das habe ich nicht, aber ich konnte Ihnen den Umschlag ja schlecht zeigen, nicht wahr? Möchten Sie ihn sehen? Es war nämlich noch ein Brief dabei..."

„Das ist jetzt nicht mehr so wichtig, aber zeigen Sie mal her."

Er stand auf, ging zu seinem Schreibtisch, schloß eine Schublade auf, holte einen großen Umschlag heraus und reichte ihn mir. Ich entnahm den Brief und las:

Lieber Monsieur Rigaud,
zu Ihrer Information senden wir Ihnen ein Foto, das Sie sich bitte mit der nötigen Aufmerksamkeit ansehen mögen, da es sich nicht um eine Montage handelt. In der gesicherten Annahme, daß Sie das Kunstwerk angemessen zu würdigen wissen, verbleiben wir, bis wir das Vergnügen haben werden, Sie persönlich kennenzulernen, mit den besten Grüßen

PHILIPPE

„Das können Sie ebenfalls verbrennen", sagte ich.

Und während er der Aufforderung nachkam, fragte ich:

„Wie haben Sie darauf reagiert?"

„Ich verfiel in eine tiefe Depression."

„Haben Sie daran gedacht, sich von Mademoiselle Cargelo zu trennen?"

„Nein. Ich glaube, ich habe sie von jenem Tag an noch mehr

geliebt. Ich fühlte mich verpflichtet, ihr zu helfen, mögliche dunkle Punkte in ihrem Leben zu vergessen. Und wenn ich daran dachte, daß diese Schweine ihr etwas Böses antun wollten... Aber daß ein richtiger Gangster hinter all dem steckte..."

„Ja, der Professor! Ein etwas verrückter Professor, aber ganz und gar nicht dumm. Spezialist in einer kriminellen Branche, die sozusagen am ausgestreckten Arm verhungert, weil die Versorgungskanäle für Rauschgift zur Zeit verstopft sind. Den dahinsiechenden Markt könnte der Boß als erster wiederbeleben. Einen Reeder als Verbündeten zu haben, den hochanständigen Chef einer internationalen Schiffahrtsgesellschaft, und ihn dazu zu zwingen, die heiße Ware über die Weltmeere zu transportieren...! Der Professor hat Ihnen das Foto geschickt, um auf den Busch zu klopfen. Sollte es zu einem Bruch zwischen Ihnen und Mademoiselle Cargelo kommen, na ja, schade! Dann würde man sich etwas anderes ausdenken müssen. Sollten Sie sich aber nicht von ihr trennen, das heißt, sollten Sie sie so sehr lieben, daß Sie ihr diese Jugendsünde verziehen, dann konnte man alles von Ihnen verlangen. Man brauchte nur damit zu drohen, die Ehre Ihrer Verlobten in den Schmutz zu ziehen. Nicht schlecht kalkuliert. Wann haben Sie sich mit ihm getroffen? Wahrscheinlich gestern, nicht wahr?"

„Gestern, ja."

„Was hat er Ihnen vorgeschlagen?"

„Das, was Sie soeben gesagt haben: In Tripolis wartet eine große Menge Rauschgift auf den Weitertransport. Ich sollte die Ware nach Frankreich bringen, entweder an Bord meiner Privatjacht oder an Bord eines meiner Frachter. Wenn es soweit ist, will er mir seine Leute schicken, die das Zeug verstekken."

„Wollte!" korrigierte ich ihn. „Er *wollte* Ihnen seine Leute schicken! Von denen werden Sie nämlich nichts mehr hören. Sagen Sie... Entschuldigen Sie meine Egozentrik... Aber was hat der ehrwürdige Professor über meine Person gesagt?"

„Daß man Sie bremsen und davon abhalten müsse, noch weiter herumzuschnüffeln. Ich war einverstanden. Allerdings muß ich Ihnen gestehen... Na ja, ich fing an zu bereuen, daß ich mich an Sie gewandt hatte. Ich glaubte, einen Fehler gemacht zu haben. Unser Gespräch am Montag kam mir ziemlich merkwürdig vor. Und dann hatte ich das Gefühl, daß Sie mich beschatten ließen..."

„Stimmt, ich habe Sie beschatten lassen. Doch Sie sind meinen Mitarbeitern durch die Lappen gegangen... Aber reden wir nicht mehr davon, kommen wir lieber auf das Foto zurück. Sie haben es also bekommen, und um seinen Ursprung herauszufinden, engagieren Sie mich. Warum mich? Hat Monsieur Coulon Ihnen gegenüber meinen Namen erwähnt?"

„Ich hatte Ihren Namen in der Zeitung gelesen. Es ging um gestohlene Jadefiguren..."

„Richtig. Auch Mademoiselle Cargelo hat von Ihnen gesprochen, in Zusammenhang mit Coulons Tochter Simone. Und dann hatte ich die Gelegenheit, mit Monsieur Coulon persönlich zu sprechen. Wir haben über dies und das geredet, nichts Konkretes, aber er ließ durchblicken, daß man sich Ihnen getrost anvertrauen könne."

„Schwamm drüber."

Ein Lächeln huschte über das Gesicht des Reeders.

„Ich glaube, mein Verhalten deutet nicht grade darauf hin, daß ich Ihnen vertraut habe", stellte er fest.

„Wie gesagt: Schwamm drüber."

Mein Glas war leer. Ich bediente mich. Dann nahm ich den Faden wieder auf:

„Nachdem Sie sich also entschlossen haben, einen Detektiv zu engagieren, lassen Sie Visitenkarten mit dem Namen Raphanel drucken, benutzen Ihr Haus in der Rue de Coulmiers als Briefkastenadresse, lassen sich einen Bürstenhaarschnitt verpassen und setzen sich eine Brille mit Fensterglas auf. So getarnt, kommen Sie zu mir und zeigen mir ein ebenfalls getarntes Foto, besser gesagt: eine Fotomontage. Eine verständliche Täuschung, denn Sie konnten mir Ihre Verlobte ja nicht in einer weithin unbekannten Rolle präsentieren! Deswegen hatten Sie – sehr geschickt, muß ich gestehen – den Kopf von Mademoiselle Cargelo durch den einer anderen Frau ersetzt und ein Foto vom Foto gemacht. Sie müssen sich ganz gut in der Fotokunst auskennen!"

Louis Rigaud stieß ein freudloses Lachen aus.

„Sie lassen wirklich nur ungern etwas im dunkeln, nicht wahr?"

„Höchst ungern, ja", bestätigte ich und sah meinem Gegenüber direkt in die Augen. „Deswegen möchte ich jetzt auch wissen, aus welchem Grunde Sie einen Privatflic beauftragt haben, der dem Foto auf den Grund gehen sollte... Wohlgemerkt: auf den Grund! Der Absender des Briefes, PHILIPPE, interessierte Sie nicht so sehr. Und das erst drei Wochen, nachdem Sie das Foto erhalten hatten! Erklärt sich das vielleicht aus dem Umstand, daß in der Nacht zu dem Montag, an dem Sie zu mir kamen, ein Kameramann namens Prunier, der für dieselbe Filmgesellschaft wie Mademoiselle Cargelo arbeitete, unter mysteriösen Umständen ums Leben gekommen war und daß Sie zu Recht oder zu Unrecht annahmen, daß jener Prunier das Foto geschossen hatte...?"

Ich mußte Luft holen. Dann holte ich zum entscheidenden Schlag aus:

„Könnte es sein, daß Ihre Verlobte irgend etwas mit dem plötzlichen Hinscheiden des Kameramanns zu tun hat?"

* * *

Er zuckte unwillkürlich mit der Schulter, so als spüre er eine Last auf seinem Rücken, und sein gebräuntes Gesicht wurde blaß.

„Oh, beruhigen Sie sich!" beruhigte ich ihn. „Ich stelle diese Frage nur aus persönlichem Wissensdurst. Sollte Mademoiselle Cargelo Prunier umgebracht haben, werde ich kein Drama daraus machen. Prunier hatte das Foto geschossen.

Möglicherweise erpreßte er Ihre Verlobte, und sie hat sich von ihm befreit. Man kann es als Notwehr bezeichnen, jedenfalls meiner Meinung nach. Nun, Monsieur Rigaud?"

Er wischte sich mit seinem Taschentuch den Schweiß von der Stirn. Mit Trauermiene stammelte er:

„Hören Sie... Stimmt es, was Sie soeben gesagt haben? Ich meine, daß Sie kein Drama daraus machen werden?"

„Es stimmt ganz bestimmt."

„Heißt das, Sie werden nicht die Polizei benachrichtigen?"

„Warum sollte ich? Das ist nicht mein Bier."

„Na schön! Also... Ich habe genau diese Überlegungen angestellt, falls man von Überlegung sprechen kann... Schon bevor ich das Foto erhalten hatte, war mir aufgefallen, daß Rita ohne offensichtlichen Grund nervöser als gewöhnlich schien. Und dann erhalte ich das Foto, und dieser Kameramann wird ermordet... Rita und er kannten sich, sie hatten zusammen gearbeitet... Kurz und gut, die Details setzten sich zu einem Puzzle zusammen... Ich wollte Klarheit haben. Sicher, ich hätte ganz einfach meine Verlobte fragen können: ‚Hat Prunier das Foto gemacht? Hat er dich erpreßt? Hast du diesen Mann getötet?' Aber wie hätte Rita darauf reagiert? Schließlich wollte ich sie nicht verlieren, verstehen Sie? Ich *will* sie nicht verlieren, was immer auch geschehen ist... was immer sie getan hat... Aber ich wollte es wissen, wollte Gewißheit haben... Also wandte ich mich an Sie. Eine geniale Idee!"

Er lachte bitter.

„Na ja, so schlecht war sie nun auch wieder nicht, Ihre Idee", versicherte ich ihm. „Wenn Sie mich nicht eingeschaltet hätten, wäre ich unseren Freunden, den Gangstern, nicht auf die Schliche gekommen."

„Wenn Sie es so sehen..." sagte er achselzuckend. „Wie dem auch sei, ich wollte wissen, ob Prunier das Foto gemacht hatte. Wenn er der Fotograf war, hatte Rita ihn ermordet. Dann hätte ich Vorkehrungen treffen müssen. Ich glaube in der Tat, daß ich jetzt gewisse Maßnahmen ergreifen muß. Da Sie behaupten, daß Prunier das Foto gemacht hat..."

„Verzeihen Sie, wenn ich zynisch werde", unterbrach ich seine Gedankengänge, „aber aus einem ganz bestimmten Grund (mit Namen Simone Coulon, fügte ich in Gedanken hinzu) wäre es mir gar nicht so unangenehm, wenn Mademoiselle Cargelo den Mord begangen hätte. Allerdings... Er könnte genausogut von jemand anderem umgebracht worden sein. (Insbesondere und trotz meiner brillanten Überlegungen und Schlußfolgerungen von Simone, der verrückten Tochter des Spediteurs, dachte ich bei mir.) Eben habe ich so getan, als würde ich Ihre Verlobte verdächtigen. Sagen wir, im Sinne einer harmonischen Entwicklung unseres Gesprächs, mehr nicht. Denn Mademoiselle Cargelo war doch in der Mordnacht in Cannes, nicht wahr?"

„Ja, natürlich."

Das kam wie aus der Pistole geschossen. Ich hakte nach:

„Ist das wirklich ganz sicher? Oh, Sie fangen wieder an, Verstecken mit mir zu spielen, Monsieur Rigaud!"

Er sträubte sich noch ein wenig, dann gab er sich einen Ruck und gestand mit leiser Stimme:

„Das genau ist der springende Punkt, Monsieur Burma! In der fraglichen Nacht war sie nämlich *nicht* in Cannes! Sie sei erschöpft gewesen, sagte sie, und sei deshalb nach Paris gekommen, inkognito, wegen der Journalisten. Erst am Dienstag, als sie mich anrief, habe ich erfahren, daß sie bei den *Ulmen* war."

„Bei den Ulmen?"

„So heißt eine Villa, die ich außerhalb von Paris besitze. Ritas offizieller Wohnsitz ist das *Majestic*, doch da hält sie sich praktisch nie auf. Ihr wirkliches Zuhause ist die Villa *Bei den Ulmen*. Das wissen nur sie und ich... Ein idealer Ort, um auszuspannen..."

„Und vielleicht auch", bemerkte ich, „der ideale Ort, um ungestört aus- und eingehen zu können, wann immer man will, ohne daß es jemand bemerkt?"

„Äh... ja."

„Hat sie Sie von dort aus angerufen, an jenem Dienstag?"

„Ja."

„Aber genau an dem Tag habe ich sie angerufen, um ihr mitzuteilen, daß ich Simone gefunden hatte. Und ich habe sie in Cannes erreicht! Ach ja, stimmt, Flugzeuge sind schnell, vor allem Privatjets. Fliegt sie selbst?"

„In ihrem Zustand, so nervös und unruhig, wie sie war, hätte sie es nicht gekonnt. Ich selbst habe sie nach Cannes zurückgeflogen. Wir waren gerade erst eingetroffen, als Sie anriefen. Reiner Zufall. Ich war dabei, als Sie mit ihr telefoniert haben. Und ich erinnere mich an etwas, das vielleicht in meinem Unterbewußtsein eine Rolle gespielt hat, als ich mich entschloß, einen Privatdetektiv einzuschalten. Nachdem sie aufgelegt hatte, sprach sie mit mir über den glücklichen Ausgang von Simones Ausreißversuch. Rita sagte so etwas wie: ‚Dieser Nestor Burma ist wirklich ein netter Kerl.' Ich weiß nicht, warum."

Ich schon, ich ahnte es, begnügte mich aber mit der Bemerkung, daß das sehr schmeichelhaft für mich sei. Dann fuhr ich fort:

„Also hat Mademoiselle Cargelo die fragliche Nacht – oder einen Teil davon – in Paris verbracht, und am Dienstag hat sie Sie im Laufe des Tages von den *Ulmen* aus angerufen?"

„Ja."

„Warum?"

„Sie fühlte sich einsam. Sie wollte mich in ihrer Nähe haben. Wenn man bedenkt, was möglicherweise geschehen war, dann ist das nur allzu verständlich, oder? Ich bin zu ihr geeilt. Sie war übernervös, wie gesagt. Ich wurde es auch so langsam. In der Mittagsausgabe der Zeitungen hatte ich von dem Mord an Prunier gelesen. Rita gegenüber habe ich von meinen Vermutungen nichts durchblicken lassen, jedenfalls hoffe ich das. Ich konnte sie dazu überreden, nach Cannes zurückzufliegen. Das Festival ging seinem Ende zu. Ich habe ihr gesagt, sie müsse ihre Müdigkeit noch für ein paar Tage überwinden. Damit wollte ich ihr ein Alibi verschaffen, verstehen Sie? Sie ließ sich überreden. Ich flog sie nach Cannes und kehrte noch am selben Tag nach Paris zurück. Ich wollte alleine sein, um mir zu überlegen, was ich tun könnte. Tja", schloß er, „so war das ... Ich weiß gar nicht, warum ich Ihnen das alles erzähle."

„Weil ich, nach Aussage von Mademoiselle Cargelo, ein netter Kerl bin", sagte ich lächelnd. „Ist sie noch in Cannes?"

„Das Festival ist beendet. Vor zwei Tagen ist Rita zurückgekommen. Sie wohnt bei den *Ulmen* ... und quält sich sicherlich. Und ich, ich quäle mich hier ..."

„Nun hören Sie doch endlich auf, sich zu quälen!" rief ich. „Ich bin gegen Folter. Dagegen bin ich ein großer Freund von Scherereien. Dicke Tinte ist sozusagen meine Spezialität! Soll ich mich um Mademoiselle Cargelo kümmern und versuchen, ein wenig Licht ins Dunkel zu bringen? Natürlich werde ich Sie dabei aus dem Spiel lassen. Ihre Verlobte wird nie erfahren, daß Sie Bescheid wissen."

Zunächst zeigte er sich wenig erbaut von meinem Vorschlag. Doch dann willigte er – als Reeder – schließlich doch ein, mir das Ruder zu überlassen.

Als ich sein Haus verließ, besaß ich einen ganzen Haufen wichtiger Informationen über die Schauspielerin, vor allem über ihre wirkliche Identität. Außerdem hatte ich die Adresse der *Ulmen* in Verrières in der Tasche, dazu die private Telefonnummer, die es mir erlaubte, den Filmstar direkt an die Strippe zu bekommen, ohne das Personal bemühen zu müssen.

Diese Nummer rief ich vom erstbesten Bistro aus an. Selbst das Telefon von Louis Rigaud wollte ich aus dem Spiel lassen.

11

Nagelprobe

Um zu den *Ulmen* in der Gemeinde Verrières zu gelangen, dorthin, wo Fuchs und Hase sich gute Nacht sagen, wählte ich eine Straße, die schnurgerade am Wald von Verrières entlangführte. Die vielen Gendarmen, die hinter jedem Baum lauerten, zusammen mit den Schlapphüten direkt aus der Tour Pointue, zwangen mich zu einem Umweg. Es wimmelte von berittener Polizei. Über allem schwebte ein Hubschrauber und erfüllte die Luft mit dem Gebrumm einer wütenden Hummel. Ich fragte einen der Flics, was denn los sei, und er war so liebenswürdig, es mir zu erklären.

Im Wald versteckten sich angeblich ein paar Leute, die man daran hindern wollte, per Autostop abzuhauen: die Gangster von Bagneux. Ob ich davon nichts gehört hätte? Man veranstalte eine regelrechte Treibjagd, um sie zu ergreifen.

Ich gab Gas, denn den Gedanken, dem Professor gegenüberzutreten, fand ich alles andere als lustig.

Endlich erreichte ich die *Ulmen*. Eine Marmorplatte am Pfeiler eines vornehmen Eisentores wies mich darauf hin.

Das Anwesen verdiente diese Bezeichnung, mit der hohen Umfassungsmauer, dem baumbestandenen Park, der Autoauffahrt, dem Rasen samt Blumenbeeten und dem eigentlichen Wohnkomplex.

Ich mußte an einem Gärtner vorbei, der gleichzeitig den Wachhund spielte, dann an einer dicken Köchin und an einem Zimmermädchen mit wiegenden Hüften, und endlich stand ich vor Rita Cargelo. Sie empfing mich in einem Zimmer, dessen heruntergelassene Jalousien ein künstliches Dämmerlicht schufen. Offenbar wollte die Schauspielerin verhindern, daß ich ihre Gefühle von ihrem schönen Gesicht ablesen konnte.

„Guten Tag, Monsieur Burma“, gurrte sie mit ihrer dunklen

Stimme. „Am Telefon habe ich gar nicht so richtig verstanden, warum Sie mich eigentlich sprechen wollen."

Da war er wieder, dieser kombinierte Italo-Yankee-Akzent!

„Am Telefon habe ich Ihnen das auch noch gar nicht gesagt", erwiderte ich. „Ich habe Sie nur gebeten, zu Ihnen kommen zu dürfen."

„Und ich habe eingewilligt, stimmt. Unser Telefonat war wirklich sehr kurz... Aber setzen Sie sich doch", forderte sie mich auf und wies auf einen Sessel, der von einem Sonnenstrahl liebkost wurde. Sie selbst nahm in einem anderen Sessel Platz, mit dem Rücken zum Fenster.

„Äußerst kurz, ja", wiederholte sie. „Sie haben so schnell aufgelegt... Ich konnte nicht einmal fragen, woher Sie meine Privatnummer haben. Die kennen nämlich nur wenige Leute..."

„Ganz einfach", erklärte ich. „Sie stand im Adreßbuch von Emile Prunier."

Jeder besitzt ein Adreßbuch. Wie Landru. Prunier hatte da wohl keine Ausnahme gemacht. Es war jedenfalls einen Versuch wert.

„Ah ja, interessant... Das ist natürlich eine Lüge", stellte sie in gleichbleibendem Tonfall fest, „die jedoch beweist, daß Sie eine Menge wissen. Übrigens habe ich deswegen unserem Treffen zugestimmt: Ich glaube, daß Sie eine Menge wissen! Aber vielleicht bin ich schon dabei, mich um Kopf und Kragen zu reden, nicht wahr?"

„Wer redet denn hier von Kopf und Kragen?" sagte ich lächelnd und machte es mir in meinem Sessel bequem. „Was ich wissen will, ist lediglich, ob Sie schuldig oder unschuldig sind. Prunier war ein Schwein. Wenn Sie ihn umgebracht haben, soll das nicht meine Sorge sein. Ich werde Sie nicht anzeigen. Außer, Sie haben es mit der Absicht getan, den Mord Simone Coulon in die Schuhe zu schieben..."

Sie machte eine stumme Geste des Protests.

„Doch das glaube ich nicht", wiegelte ich ab. „Ganz im Gegenteil: Sie wollten Sie retten... Aber könnten Sie nicht die

Gesprächsleitung übernehmen, Mademoiselle? Und ohne diesen Italo-Yankee-Akzent, wenn ich bitten darf! Sprechen Sie so wie am Telefon, mit Ihrer französischen Stimme sozusagen – denn Sie sind nicht Italienerin, sondern Französin –, kurz gesagt: mit der Stimme von Marguerite Chevry – Ihrem richtigen Namen –, geboren in Béziers. Wissen Sie, daß wir zwei aus derselben Gegend kommen? Ich bin aus Montpellier."

„Ach ja?" fragte sie nach kurzem Schweigen. „Das wissen Sie also auch? Dann frage ich mich, was Sie noch von mir wissen wollen... Sie scheinen schon alle Antworten zu kennen."

„Außer der wichtigsten: Haben Sie Prunier getötet, ja oder nein?"

Bevor sie antwortete, zündete sie sich eine Zigarette an. Die orangefarbene Flamme des Feuerzeugs erhellte ihre harten Gesichtszüge.

„Nein", sagte sie schließlich. „Er war bereits tot, als ich in seine Wohnung kam."

„Und Simone war ebenfalls dort?"

„Ja. Ich muß gestehen, das war eine Riesenüberraschung für mich."

„Um so mehr, da sie völlig weggetreten war, vollgepumpt mit Rauschgift, in der Hand eine Kanone. Daraus haben Sie gefolgert, daß Simone die Mörderin war, stimmt's?"

„Ja."

„Und da wollten Sie sie retten?"

„Ja."

„Und um das zu erreichen, haben Sie an mich gedacht?"

„Ich habe gedacht, daß Sie der einzige wären, der das einrenken, es so gut wie möglich vertuschen könnte..."

Ich mußte lachen. Sollte ich das als Kompliment auffassen? Sie sprach weiter:

„Ich konnte Simone nicht in meinen Wagen schleppen und sie nach Hause fahren, nicht wahr? Natürlich hätte ich Monsieur Coulon anrufen können, aber wie hätte er reagiert?"

„Genau! Nur Nestor Burma konnte die Kastanien aus dem

Feuer holen! Nestor Burma, der Dornenzieher, wie die berühmte Statue, nur nicht mehr ganz so jung... Sie haben also Ihre Stimme verstellt, haben die Besoffene gespielt, Ihren kombinierten Akzent weggelassen, was Ihnen übrigens inzwischen sehr schwerfällt... Mit dieser verstellten Stimme haben Sie mich angerufen und sich für Simone ausgegeben."

„Ja."

„Na ja, es war ein wenig übertrieben, aber das macht nichts. Ein Risiko war auch dabei: Ich hätte Sie nämlich genausogut zum Teufel schicken, mich umdrehen und weiterschlafen können!"

„Ich habe auf Ihr Berufsethos gesetzt."

„Vielen Dank. Selbstverständlich haben Sie sich vergewissert, daß ich auch tatsächlich kam, oder?"

„Ja. Ich habe mich in einem Hauseingang weiter unten auf der Straße versteckt."

„Konnten Sie mich denn erkennen?"

„Ich habe angenommen, daß Sie es waren."

„Und da Sie nichts weiter in der Gegend zu tun hatten, sind Sie weggefahren. Ihr Wagen stand in einer Nebenstraße. Ich habe Sie wegfahren hören."

„Das kann sein."

„O.k.... Sagen Sie, was Simone betrifft... Victor Coulon hat mir erzählt, daß Sie sich als Kindermädchen für sie angeboten haben. Ist das wahr?"

„Ja."

„Warum?"

„Aus reiner Menschenfreundlichkeit."

„Wollten Sie nicht vielmehr ihre Genesung... überwachen?"

„Sie überwachen? Warum?"

„Keine Ahnung. Vielleicht befürchteten Sie, daß Simone Sie in der Rue des Mariniers erkannt haben könnte."

„Simone hat mich ganz bestimmt nicht erkannt. Sie hat nichts erkannt. In ihrem Zustand... Ich habe sie beim Namen gerufen, aber sie hat nicht reagiert."

Rita Cargelo-Chevry zog noch einmal an ihrer Zigarette, dann drückte sie die Kippe in einem Aschenbecher aus.

„Ich hoffe für Simone“, fügte sie mit einem Seufzer hinzu, „daß sie bereits in demselben Zustand war, als sie Prunier getötet hat. So wird sie die Wahrheit nie erfahren.“

Ich zauberte meine Pfeife hervor, um die Schauspielerin beim Rauchen abzulösen.

„Genau das ist der springende Punkt“, sagte ich. „Sie hat Prunier nicht getötet.“

Meine Behauptung schlug bei ihr wie eine Bombe ein.

„Sie hat... nicht...“

Sie konnte sich gar nicht mehr wieder einkriegen. Die Worte blieben ihr im Halse stecken. Sie schluckte ein paarmal, dann murmelte sie:

„Simone ist unschuldig!“

Es hörte sich so an, als bedaure sie es.

„Ja, ich war von Anfang an von ihrer Unschuld überzeugt“, sagte ich.

„Großer Gott!“ schluchzte sie und verbarg ihr Gesicht in den Händen. „Sie... Sie glauben doch jetzt nicht, daß ich es war?“

„Nein, Sie waren es auch nicht. Wenn Sie schuldig wären, hätten Sie sich anders verhalten.“

„Aber wer war's dann?“

Panik leuchtete in ihren Augen auf.

„Wenn es weder Simone war noch...“

Ich hatte meine Pfeife gestopft und zündete sie an.

„...dann war es offensichtlich eine dritte Person“, ergänzte ich ihren unvollständig gebliebenen Satz. „Die nämlich, welche die Flics angerufen hat.“

„Sie meinen den Telefonanruf? Ja, davon habe ich erfahren... aus der Zeitung. Ich dachte, Sie wären das gewesen. Also waren Sie es nicht?“

„Nein, ich war es nicht. Nachdem ich Simone in Sicherheit gebracht hatte, bestand für mich kein Grund für solch eine Aktion.“

„Großer Gott! Sie waren es nicht!"
„Nein. Es war der Freund der kahlköpfigen Frau."
„Der Freund der kahlköpfigen ... was?"
„Ja. In jener Nacht war nämlich noch eine andere Frau in der Rue des Mariniers. Simone hat sie gesehen, durch den Rauschgiftnebel hindurch. Und der Freund jener Frau hat die Flics angerufen, es sei denn, sie selbst war es, mit verstellter Stimme. Vielleicht hat sie sich ihre Perücke als Knebel in den Mund geschoben, was weiß ich! Anscheinend haben in der besagten Nacht alle möglichen Leute versucht, ihre Stimme zu verstellen oder etwas zu vertuschen. Es war die Nacht der verstellten Vertuscher!"

„Jemand anders!" stöhnte Rita Cargelo und rang ihre Hände. „Mein Gott, das ist ja furchtbar!"

Ich ahnte, woran sie dachte, spielte aber die Unschuld vom Lande.

„Aber warum denn? Ob Prunier von diesem oder jenem umgebracht wurde, was macht das für einen Unterschied? Das eine ist so furchtbar wie das andere."

„Das können Sie nicht verstehen."

„Doch, ich verstehe sehr gut. Hören Sie, ich werde Ihnen eine Geschichte erzählen."

Ich ging zum Fenster und zog die Jalousien hoch. Helles Licht durchflutete das Zimmer.

„Was tun Sie da?" schrie die Schauspielerin.

„Ich möchte klar sehen, im eigentlichen wie im übertragenen Sinn. Haben Sie keine Angst, ich bin als Freund gekommen. Vertrauen Sie mir und hören Sie sich meine Geschichte an."

Den Blick auf den Wald von Verrières gerichtet, der sich gegen den Himmel abzeichnete und an dem die Autos entlangfuhren, deren Karosserien in der untergehenden Sonne blinkten, begann ich, mit dem Rücken zu der ängstlichen Frau:

„Vor vielen, vielen Jahren war einmal ein Mädchen, das gerade beim Film angefangen hatte. Da fiel es auch schon einem Schwein namens Prunier in die Hände. Der ließ das Mädchen in gewagten Stellungen vor seiner Kamera posieren ... oder vielleicht in einem Film ähnlichen Kalibers mitspielen. Die Jahre zogen ins Land. Das junge Mädchen wurde ein großer Filmstar. Prunier konfrontierte sie mit den früheren Sünden und erpreßte sie. Doch es kam der Tag, an dem der Filmstar keine Lust mehr hatte, sich erpressen zu lassen. Vom Festival schleicht sie sich aus Cannes fort, fährt nach Paris und sucht Prunier auf, wahrscheinlich in der Absicht, ihn zu ermorden. Doch als sie an den Ort ihres Vorhabens kommt ... usw. Ich erinnere an das, was Sie mir soeben erzählt haben. Gut. Ihr Werk ist bereits vollbracht. Die Schauspielerin sucht in der Wohnung die ‚Waffen des Erpressers', findet sie – die Fotos und Filme – oder findet sie nicht. Findet sie das Material, braucht sie es nur zu vernichten. Findet sie es aber nicht, kann sie sich mit dem Gedanken beruhigen, daß die Erpressung ein Bluff war, das heißt, der Erpresser hat lediglich mit der Erinnerung an bestimmte Geschehnisse gespielt und nicht auf handfeste Beweise gebaut: Fotos und Filme existieren nicht mehr. Bleibt also im Augenblick nur, Simone zu helfen. Das liegt nicht nur im Interesse des Mädchens, sondern im Interesse aller. Die Schauspielerin geht ans Werk. Auftritt Nestor Burma, Privatdetektiv. Die Tage vergehen, und keine Wolke erscheint am Horizont. Die Fotos und Filme befanden sich offenbar nicht in Pruniers Wohnung, sonst hätte die Polizei sie entdeckt und wäre zu ihr, dem Filmstar, gekommen, um Erklärungen zu verlangen. Und dann – mit tremolierender Stimme zu sprechen – blendet sich Nestor Burma ein. Nestor Burma, ein netter Mensch, ein prima Kerl, allzeit bereit, Witwen und Waisen zu beschützen, Nestor Burma, dessen Auftritte allerdings manchmal nichts als Ärger einbringen. Und dieser Nestor Burma sagt, daß nicht Simone es war, die Prunier getötet habe. Jemand anderer sei's gewesen, ein Unbekannter. Nehmen wir an, daß der Filmstar kein belastendes Material bei dem Kameramann gefunden hat, so können wir weiter annehmen, daß der Unbekannte, der Mörder, besagtes Material eingesteckt hat.

Und schon hat der Filmstar wieder furchtbare Angst und sagt: ‚Das ist ja furchtbar!‘“

Meine Geschichte war zu Ende. Ich hatte ohne Unterbrechung gesprochen. Jetzt schwieg ich, stand reglos am Fenster und betrachtete die Landschaft, die sich vor meinen Augen ausbreitete. Der Verkehr auf der Straße entlang des Waldes schien wieder freigegeben worden zu sein. Die Autos in der langen Schlange machten den Eindruck, als hätten sie alle dasselbe Ziel. Der Hubschrauber war verschwunden. Die Treibjagd war beendet. Vielleicht fuhren all die braven Bürger in ihren Blechkisten an den Ort des Halali...

Rita Cargelos Stimme, ein seltsames Gemisch aus Sanftmut, Schwäche und Selbstsicherheit, riß mich aus meinen Träumereien:

„Könnten Sie die Jalousien wieder herunterlassen?... Kommen Sie, jetzt möchte ich *Ihnen* eine Geschichte erzählen.“

Ich setzte mich wieder in den Sessel. In dem Dämmerlicht konnte ich so grade die Umrisse der Schauspielerin erkennen. Zusammengekauert saß sie in ihrem Sessel, den Kopf an der Rückenlehne, die Arme auf den Armlehnen. Eine Position wie die eines zum Tode Verurteilten auf dem elektrischen Stuhl. Beruf verpflichtet: In dieser Haltung lag ein gut Teil Schauspielerei.

„Dieser Unbekannte“, begann Rita Cargelo, „der Mörder... Wenn ich es mir jetzt überlege, lag auf Pruniers Gesicht ein triumphierender, zufriedener Ausdruck... Ich glaube, daß der Mörder etwas aus der Rue des Mariniers mitgenommen hat: den Film – denn darum handelt es sich –, den Prunier mir zeigen wollte, um mir zu beweisen, daß er tatsächlich etwas gegen mich in der Hand hatte... Den Film, an dessen Existenz ich zu zweifeln begonnen hatte. Und der Mörder... Sie haben am Anfang gesagt, Sie seien als Freund gekommen... Würden Sie eventuell versuchen, den Mörder zu finden und ihm... diesen Film abzunehmen?“

„Ich kann's versuchen, ja.“

„Vielen Dank. Ich werde Ihnen etwas geben, das Ihnen dabei behilflich sein könnte..."

Sie stand auf und ging hinaus. Nur der Duft ihres Parfüms blieb zurück. Nach einer Weile kam sie wieder ins Zimmer und reichte mir ein Notizbuch mit Ledereinband.

„Hier", sagte sie. „Deswegen habe ich Sie eben als Lügner bezeichnet, als Sie behaupteten, Sie hätten meine Telefonnummer aus Pruniers Adreßbuch. Ja, sie steht hier drin, aber das konnten Sie nicht wissen! Sie konnten es nur vermuten. Denn dieses Adreßbuch befindet sich seit der Mordnacht in meinem Besitz. Ich habe es mitgenommen... Ich dachte, ich würde es irgendwann brauchen können..."

„Ach, dann haben Sie es ihm geklaut?"

„Nein. Es lag auf der Straße, vor dem Hauseingang. Ich glaubte, Prunier hätte es verloren. Aber jetzt frage ich mich, ob es nicht dem Mörder aus der Tasche gefallen ist..."

„Wenn das der Fall ist, dann hat er es an sich genommen, weil seine Telefonnummer drinsteht. Gut", sagte ich und steckte das Notizbuch ein, „ich werd's mir zu Hause ansehen... Jetzt hätte ich noch ein paar Fragen an Sie. Hatte Prunier den Film, mit dem er Sie erpreßte, selbst gedreht?"

„Nein. Weder hat er mir je ein Foto noch den Film gezeigt. Deshalb fragte ich mich so langsam, ob sie überhaupt noch existierten. Wissen Sie, es wäre nichts Besonderes, wenn Film und Fotos inzwischen verschwunden wären oder einem ‚Sammler' gehören, von dem ich nichts zu befürchten hätte. Doch darauf bin ich erst später gekommen. Vorher hatte ich diesem Dreckskerl beachtliche Summen gezahlt... Prunier!" lachte sie, „der Mann, der mich in die Siebte Kunst eingeführt hat!"

Ihr Heiterkeitsausbruch ging vorüber, und dann wurde ich Zeuge eines seltsamen Phänomens. Man hätte meinen können, Rita Cargelo gäbe ein Interview. Sie begann tatsächlich, mir ihr Leben zu erzählen.

Ich ließ sie erzählen.

So erfuhr ich, daß sie nach diesem berühmt-berüchtigten

Film (eine Ewigkeit sei das jetzt schon her!) sich so sehr geschämt hatte, daß sie nach Italien floh, wo ein Bekannter von ihr wohnte. Dort begann sie ein neues Leben, arbeitete wie verrückt, schaffte den Sprung von kleinen zu großen Rollen und schließlich den in den internationalen Starhimmel. Anscheinend gehörte sie jener Sorte von Schauspielern an, deren ungeheures Talent sich erst dann entfaltet, wenn sie von einem ebenfalls genialen Regisseur geleitet werden. Kurz, es folgten Filme in Rom, London und Hollywood... nur nicht in Paris. Mit Paris verbanden sie quälende Erinnerungen. Deswegen lehnte sie alle Angebote französischer Produzenten ab.

Und eines Tages, in Neapel, lernte sie Louis Rigaud kennen. Es war Liebe auf den ersten Blick. Die „cinematographischen Erfahrungen“ mit Prunier hatten sie im Umgang mit Menschen scheu und gehemmt werden lassen. Doch jetzt lebte sie wieder auf. (Ein Fall für Dr. Clarimont, den Psychiater von Montparnasse.) Und da ihr Agent sie wieder einmal bedrängte, sich in Paris um die höheren Weihen zu bemühen, willigte sie ein, in Frankreich einen Film zu drehen. Nun trat Prunier auf den Plan und forderte „Arbeit und Brot“, wie es auf den Spruchbändern heißt. Er verlangte viel Geld und eine gemütliche Arbeit bei Ritas Produktionsfirma *Costerbaum*. Rita Cargelo versorgte ihn mit beidem. Nach und nach wurde sie sich jedoch klar darüber, daß sie sich niemals aus der Umklammerung befreien könnte. Gleichzeitig kamen ihr Zweifel an der tatsächlichen Macht des Erpressers über sie. Jetzt war sie es, die eine Forderung stellte: „Zeigen Sie mir den Film und die Fotos, sonst gibt's kein Geld mehr!“ Prunier behandelte sie von oben herab, stellte ein Treffen in Aussicht, um sich schließlich der Forderung immer wieder zu entziehen. Dann jedoch kündigte er eines Tages an: „Nächste Woche werde ich dir alles zeigen. Sobald ein Freund von mir, der das Material besitzt, von einer Reise zurückkommt...“ Die Tage verstrichen, Rita fuhr zum Festival nach Cannes, und dort erhielt sie, in der Nacht von Sonntag auf Montag, einen verheißungsvollen Anruf von Prunier: „Ich hab den Film, du kannst ihn dir ansehen. Nicht in vierzehn Tagen oder einem Monat. Sofort! Wie du's anstellst, ist mir egal, aber sei morgen in meiner Wohnung, andernfalls... Ich werde den ganzen Abend und die ganze Nacht auf dich warten. Du siehst, ich gebe dir genug Zeit, um hierherzukommen..."

„Ich bin nach Paris gefahren", erzählte Rita Cargelo. „Und zwar in der Absicht, ihn zu töten, jawohl! Ich war am Ende. Ein unbändiger Haß hatte sich in mir angesammelt und trieb mich voran. Prunier stellte eine permanente Gefahr für mich dar, auch wenn ich versuchte, diese Gefahr im Geld zu ersäufen. Ich kannte ihn gut genug, wissen Sie... Eines Tages würde er alles ausplaudern... aus Bosheit oder aus Eitelkeit. Man muß seine kleinen Freundinnen ja unterhalten, nicht wahr? Was das anging, war er nämlich ein ziemlicher Draufgänger. Begnügte sich nicht mit kleinen Schauspielerinnen und dummen Mädchen wie Simone. Er hatte es auch mit Huren..."

Meiner Meinung nach lag Mademoiselle Cargelo ganz richtig mit ihrer Befürchtung. Eines Tages würde er alles ausplaudern! Wie hatte mein Beinchensteller neulich noch gesagt? „Der Freier von Gisèle..." Aber natürlich! Prunier hatte einer Hure – Gisèle – von ganz speziellen Fotos erzählt, Fotos, auf denen Rita Cargelo posierte. Und diese Zufallsbekanntschaft hatte nichts Eiligeres zu tun gehabt, als es ihrem Zuhälter zu erzählen, und der Zuhälter... So kam es dann, daß der Professor irgendwann davon erfuhr. Ob er der Sache Glauben schenkte oder nicht, spielt keine Rolle. Jedenfalls regte die Geschichte seine Phantasie an. Er arrangierte die großangelegte Foto-Safari, um das „seltene Stück" zu ergattern, falls es tatsächlich existierte. Und es existierte, und er ergatterte es! Gleichzeitig machte er sich an die Produktion der „Imitation", für alle Fälle. Doch all das war jetzt Frühgeschichte. Ich konzentrierte mich lieber auf die Gegenwart und fragte die Schauspielerin:

„Machte Prunier am Telefon den Eindruck, daß er triumphierte, weil er endlich etwas in der Hand hatte, das seine Macht über Sie endgültig sicherte?"

„Ja, den Eindruck machte er wirklich. Und dann, in der Rue des Mariniers... Prunier ermordet und Simone im Nebenzimmer, so als hätte sie sich nach der Tat dorthin geflüchtet... Da meine Suche nach dem Film ergebnislos blieb, habe ich geglaubt, daß Prunier wieder einmal geblufft hätte. Möglicherweise wollte er mir etwas zeigen, irgendeinen faulen Zauber, an dem Simone beteiligt war... Er wußte, daß ich ihre Freundin bin... Heute jedoch bin ich davon überzeugt, daß er sich eine Kopie des Films besorgt hat und daß sein Mörder diese Kopie mitgenommen hat. Um Gottes willen!"

„Sie haben Angst, daß der Unbekannte Pruniers Nachfolge antreten will?"

„Ja."

„Hat er es schon versucht?"

„Nein."

„Nun, dann brauchen Sie sich keine Sorgen zu machen! Der Mörder ist wahrscheinlich der ‚legitime' Besitzer des Films, ein Sammler, von dem Sie nichts zu befürchten haben. Solchen Leuten kommt es vor allem darauf an, derartige ‚Kuriositäten' zu besitzen, und weniger, daraus Kapital zu schlagen. Das sind Kunstliebhaber ohne finanzielles Interesse. Möglicherweise hat dieser Sammler noch nie etwas von Ihnen gehört. Aber ich glaube, wir sollten besser von ‚dieser Sammlerin' sprechen! Denn vergessen wir nicht die kahlköpfige Frau. Prunier muß sich die Kopie ausgeliehen haben, und Madame Billardkugel ist in seine Wohnung gekommen, um sich den Streifen zu holen. Die etwas brutale Art der Aneignung irritiert mich ein wenig, aber vielleicht hatte sie noch ein anderes Hühnchen mit dem Kameramann zu rupfen. Sozusagen eine Endabrechnung!"

Ich stand auf.

„Gut, ich werde mir Pruniers Adreßbuch vornehmen und sehen, was sich machen läßt. Versuchen Sie inzwischen, Ihr Gleichgewicht wiederzufinden, Mademoiselle, und geben Sie die Hoffnung nicht auf! Ich halte Sie auf dem laufenden."

Ich war drauf und dran, ihr zu sagen, daß sie Prunier kein

Geld hätte geben und sich keine Sorgen hätte machen müssen. Das Damoklesschwert, das über ihr geschwebt hatte, war aus Holz gewesen. Marguerite Chevry hatte sich nicht nur in Rita Cargelo verwandelt, sondern auch physisch verändert. Seit der Herstellung des Films war sie ein paar Jährchen älter geworden. Aber dann dachte ich an das „besondere Kennzeichen“ von Geburt an, von dem Louis Rigaud mir erzählt hatte. Solche unveränderlichen Merkmale können hervorragend als Beweise dienen. Und ich dachte auch daran, daß die Opfer von Erpressungen eins nicht wollen: Skandale! Also schluckte ich meine ohnehin wenig galante Bemerkung hinunter und schwieg.

Zehn Minuten später war ich auf dem Nachhauseweg. Kein Gendarm in Sicht. In Verrières hielt ich an einem Bistro an, um Tabak zu kaufen. Es herrschte große Aufregung, man diskutierte den Erfolg der Treibjagd. Denn die Polizeiaktion hatte Erfolg gehabt! Zwar war trotz Aufbietung aller Kräfte nicht ein einziges weißes Haar des Professors gefunden worden, aber dafür hatten die Polizeihunde eine Leiche ausgegraben.

Von Leichen hatte ich die Nase voll, und der neue Tote war kein Familienangehöriger von mir. Also machte ich, daß ich fortkam.

12
Das schwarze Notizbuch

All das hatte viel Zeit in Anspruch genommen. Es war schon nach acht, als ich endlich in der Agentur eintrudelte. Hélène wartete nicht auf mich, aber sie hatte mir eine Nachricht hinterlassen: „Faroux fuchsteufelswild. Ruft pausenlos an. Will Sie dringend sprechen. Sie sollen ihn unbedingt in der Tour Pointue anrufen. Machte den Eindruck, als wolle er in seinem Büro übernachten."

Ich schickte Faroux gerade zum Teufel, als das Telefon klingelte. Es war mein Freund Florimond Faroux, der Chef der Kripo. Und so liebenswürdig!

„Kommen Sie sofort in die 36!" schnauzte er. „Hab mit Ihnen zu reden."

„Kann das nicht warten?" fragte ich.

„Soll ich Ihnen zwei Flics schicken?" fragte er zurück.

„Schon gut, ich komme."

Was sollte das nun wieder?

Ich setzte mich in meinen Wagen und fuhr zum Quai d'Orfèvres. Dort ließ man mich auf dem Flur warten. Das große Gebäude hallte von außergewöhnlicher Aktivität wider. Inspektoren… 'tschuldigung, Polizeioffiziere trampelten durch die Korridore wie… Bullen. Ein Mann in Handschellen, eskortiert von zwei stämmigen Flics, kam aus einem der Büros und wurde abgeführt. Er blutete heftig aus der Nase. Vermutlich war er von einer „aufgebrachten Menge" durch die Mangel gedreht worden. Eine gemütliche Atmosphäre herrschte hier!

Eine Tür wurde geöffnet.

„Kommen Sie rein!" schnauzte Faroux.

Ich ging rein.

„Setzen Sie sich!"

Ich setzte mich. Faroux thronte hinter seinem Schreibtisch, der wie immer mit Papierkram überhäuft war.

„Sie dürfen rauchen."

Hörte sich an wie ein Befehl. Ich stopfte meine Pfeife, zündete sie an und rauchte.

„Wie weit sind Sie mit dem Fall Clarimont?"

„Erledigt", sagte ich und atmete auf. „Man hat die Figuren zurückerstattet."

Ich erklärte dem Kommissar, wie und wo. Dann fügte ich untertänigst hinzu:

„Ich weiß, ich hätte den Insp... äh... den Polizeioffizier Sébastien davon in Kenntnis setzen müssen, nachdem ich den Gepäckschein eingelöst hatte, daß heißt, heute morgen. Ich hab's nicht getan. Tja... Hoffentlich ist er mir nicht böse..."

„Nein", erwiderte Faroux. „Sollte mich wundern, wenn er Ihnen böse wär."

Auf der Schreibunterlage vor ihm lag ein Aktenordner, mit dem er schon die ganze Zeit über herumspielte. Jetzt öffnete er ihn. Das Licht der Schreibtischlampe fiel hart auf Glanzpapier und blendete mich.

„Sehen Sie sich diese Fotos an, Burma!"

Verdammt! Clarimont mit seinen Jadefiguren war ihm schnurzegal. Deswegen hatte er mich nicht herbestellt. Nein, er wollte mich mit den Vorfällen in Bagneux konfrontieren. Nun ja, „Sehen Sie sich diese Fotos an", hatte er gesagt. Gut, ich sah sie mir an. Aber auf das, was ich sah, war ich nun wirklich nicht vorbereitet.

Vielleicht waren es die knorrigen Baumwurzeln auf dem ersten Foto. Ich weiß es nicht. Jedenfalls stieg mir ein Geruch von „nasser Erde und Schnecken" in die Nase. Andere Fotos, nicht unter freiem Himmel geschossen, zeigten das reichlich ramponierte Gesicht des Mannes, der auf dem ersten Foto neben dem Baum lag.

„Wer ist das?" fragte ich.

„Sébastien."

Séb... Ach du Scheiße! Was macht der denn unter dem Baum?"

„Er wartet auf das Jüngste Gericht. Das kommt davon, wenn man lauter furzt, als es der Hintern erlaubt!" schimpfte Faroux.

Nach dieser besonders gelungenen Grabrede fuhr der Kommissar sachlicher fort:

„Wir hatten seit einer Woche nichts mehr von ihm gehört, aber sein Verschwinden nicht an die große Glocke gehängt. Und jetzt so was! Gestern nachmittag wurde er im Wald von Verrières ausgegraben. Ein Bauer hatte gemeint, die Gangster von Bagneux in der Nähe gesehen zu haben. Na ja, Gangster haben wir keine gefunden, aber unsere Hündchen haben Sébastien ausgebuddelt. Tja, Burma! Sébastien war ein ganz Eifriger. Brütete immer irgend etwas aus, heimlich, still und leise. Kurz, ein blöder Hund! Nur, daß dieser blöde Hund zu unserer Truppe gehörte! Sie können sich vorstellen, daß wir alles dransetzen werden, um den Täter zu fassen. Jedes Detail ist wichtig. Ich rechne fest mit einigen Tips von Ihrer Seite, Burma!"

„Was für Tips?" fragte ich unschuldig.

„Dr. Clarimont hat Sie mit der Suche nach seinen Figuren beauftragt. Ich hatte gedacht, daß Sie im Laufe Ihrer Ermittlungen..."

„Oh, meine Ermittlungen!" rief ich. „Sie wissen doch, worin in solchen Fällen die Ermittlungen bestehen, oder?"

„Ja, schon, aber wenn die Diebe Kontakt mit Ihnen aufgenommen haben... Ich klammere mich an jeden Strohhalm, verstehen Sie? Aber reden wir nicht mehr darüber... Zumal wir nicht einmal wissen, ob sein Tod in Zusammenhang mit den Jadefiguren steht. Schließlich war er noch mit anderen Fällen betraut. Und manchmal mischte er sich sogar noch in die Arbeit von Kollegen ein! Nein, faul war er wirklich nicht... Verdammt und zugenäht, Burma! Entschuldigen Sie meine Anschnauzerei, aber ich bin auf hundert! Seit seinem Verschwinden hatte ich schon das dumme Gefühl, daß er wieder einen seiner Eiertänze aufführte. Scheiße! Mit Leuten, die nur nach ihrem eigenen Kopf handeln, kann man einfach nicht vernünftig zusammenarbeiten! Er muß sich wohl mit einem seiner V-Männer getroffen haben, und bei diesem Treffen hat's ihn dann erwischt. Mit einem V-Mann, den wir nicht kennen. Denn auch darin war Sébastien eigen! Behielt seine heißen Adressen immer schön für sich. Das hat er nun davon, der Herr Polizeioffizier! Eine Woche Camping unter feuchter Erde im Wald von Verrières!"

„Wie ist er umgebracht worden?" erkundigte ich mich, um ein wenig Ordnung ins Gespräch zu bringen und dem Kommissar die Möglichkeit zu geben, zu Atem zu kommen. „Das könnte doch immerhin ein Hinweis sein..."

„Glauben Sie an Wunder? Ein Schlag auf die Rübe mit anschließender Strangulation. Der Schlag ist ziemlich merkwürdig und könnte einen Hinweis liefern, wie Sie sagen. Aber weit führt uns das leider nicht. Die Analyse von Partikeln, die man zusammen mit Erde in seiner Kopfwunde gefunden hat, läßt vermuten, daß er mit einer Wachspuppe niedergeschlagen wurde."

„Das führt Sie doch zumindest ins Museum Grévin", lachte ich und stand auf. „Brauchen Sie mich noch?"

„Nein. Sie können gehen, mein Lieber. Und entschuldigen Sie noch einmal meine Stinklaune. Aber wenn ich an diesen Blödmann denke..."

Ich ließ ihn mit seiner Stinklaune und seinen Leuten – eine große, vereinte Familie, warmherzig und brüderlich! – Überstunden absolvieren und fuhr nach Hause.

* * *

Daß der Polizeioffizier Sébastien sich während seiner laufenden Ermittlungen im Fall Clarimont oder in irgendeinem anderen Fall hatte kaltmachen lassen, war zwar bedauerlich. Vor allem für ihn selbst. Aber das sollte mich als Privatflic nicht davon abhalten, meine eigenen Ermittlungen weiterzuführen.

Mit diesem Gedanken schlüpfte ich zwischen meine Bettlaken, in der Hand das Adreßbuch des toten Kameramanns. Mit einer wohlschmeckenden Pfeife bewaffnet, machte ich mich daran, die Namen der Freunde und Bekannten von Prunier zu studieren. Doch sogleich unterbrach ich mein Programm. Ich hatte Clarimont immer noch nicht über die wundersame Rückkehr seiner heißgeliebten Chinoiserien informiert. Noch war es nicht zu spät dafür. Ich rief ihn an, doch genauso wie heute morgen ging jetzt niemand an den Apparat. Vielleicht war der Arzt auf Reisen. Ich legte auf und nahm Pruniers Notizbuch wieder zur Hand.

Es enthielt vor allem Telefonnummern. Telefonnummern mit wenigen Namen, hier und da garniert mit Spitznamen. Zum Beispiel: *La Chèvre*, die Ziege. Wie lautete noch Rita Cargelos richtiger Name? Richtig: Marguerite Chevry. Chevry – *La Chèvre*, die Ziege. Nicht sehr galant, dieser Prunier! Eine BALzac-Nummer war mit *Vérole* versehen. Syphilis. Hm... Gefahr! Es mußte sich um das *Belle Féronnière* handeln, das Bistro in der Rue Pierre-Charon. Und hier stand *Schnauze von Ré* OBErkampf 12-12. Ah ja, das Netz OBErkampf deckt das Viertel République ab. Die Schnauze von République. Dieser Prunier, also wirklich! Mit ihm wurde es einem nicht langweilig. Ein geistreicher Witzbold! Und nun LAKanal 45-67. *Colle* LAKanal 45-67. *Colle* wie Klebstoff. Das mußte ein Schreibwarenhändler neben dem Gymnasium Lakanal sein. Oder *Colle* wie Arrest. Dann war's jemand, der am Gymnasium als Lehrer arbeitete. Lehrer verhängen Arreststrafen. *Colle* LAKanal 45-67...

Die Pfeife fiel mir aus dem Mund, rollte über die Bettdecke und landete auf dem Bettvorleger.

Colle wie *collectionneur*, Sammler. Unnötig,sich zu fragen, was der Sammler in seiner Kollektion hatte, wenn es einer von Pruniers Freunden war. Die Chancen standen gut, daß es sich hierbei um den „legitimen" Besitzer des freizügigen Films mit Rita Cargelo handelte.

Ich hob meine Pfeife vom Boden auf, setzte mich auf die

Bettkante und stützte mein Kinn in die Hand. *Der Denker*, weniger muskulös, aber nicht weniger nackt als der von Rodin. Kaleidoskopartig schossen Bilder durch meinen Kopf: der Gammler, der sich selbst Fotos von Rita Cargelo widmete: Trivaux, der bärtige Psychoanalytiker, den ich am selben Abend kennengelernt hatte und der ein Bild signierte, das nicht er, sondern zum Beispiel Suzy Larcher gemalt hatte; Clarimonts Jadefiguren mit ihren leicht obszönen Formen; ein Verrückter, der nach einer „beruhigenden" Kinovorstellung bei Dr. Clarimont etwas weniger verrückt war; ein Mann mit gesundem Verstand, der seinerseits einer Kinovorstellung beiwohnte, deren Wirkung genau entgegengesetzt jener Wirkung war, die der Ungar Lajos Ruff in seinem Buch „Die Gehirn-Waschmaschine" beschrieben hat.

Ich schnappte mir das Telefon und wählte LAKanal 45-67. Niemand meldete sich. Ich ließ es mehr als ein dutzendmal läuten, aber es hob einfach niemand ab. Warum auch? Vor einer Viertelstunde hatte man nicht abgehoben, heute morgen hatte man nicht abgehoben... LAKanal 45-67. Dr. Clarimonts Telefonnummer.

Ich legte den Hörer auf die Gabel, grübelte noch eine Weile... und zog mich an. Dann nahm ich den Hörer wieder in die Hand, wählte aber zur Abwechslung diesmal eine andere Nummer.

„Hallo, Zavatter? Hier Nestor Burma, der Sohn der Nacht, Freund nächtlicher Zerstreuungen..."

13
Panoramaschwenk

Nirgendwo ein erleuchtetes Fenster. Die friedliche Rue de Sceaux schlief, fernab vom Zentrum, den Schlaf der Gerechten. Das einzige Licht kam von den spärlichen Straßenlaternen. Wie ihre Nachbarhäuser war die Villa von Dr. Clarimont in Dunkelheit getaucht. Ihre Umrisse verschwammen mit denen der leise rauschenden Bäume des Parks.

Zum x-ten Mal innerhalb von fünf Minuten drückte ich auf den Klingelknopf an dem schmiedeeisernen Gartentor. Doch ich hatte nicht mehr Erfolg als mit der Telefonnumer LAKanal 45-67.

Nach dem letzten vergeblichen Versuch gab ich's auf, setzte mich ans Steuer meines Wagens und fuhr um das Anwesen herum. In der Umfassungsmauer entdeckte ich eine niedrige Tür neben so etwas wie einer Garage. Ich parkte meinen Wagen in einiger Entfernung und ging zu Fuß zurück.

Vor der niedrigen Tür zögerte ich, wog noch einmal das Für und Wider ab und nahm mir schließlich das Schloß vor. So sehr ich mich auch bemühte, es wollte nicht nachgeben. Ich bemühte mich also nicht weiter und machte mich mit dem Gedanken an eine Kletterpartie vertraut. Der Entschluß war gefaßt. Auf die Art der Gesetzesübertretung sollte es mir nicht ankommen!

Ohne Schwierigkeiten gelangte ich auf die andere Seite der Mauer. Im Schutze der Bäume näherte ich mich der Villa. Dann verdeckten weder Baum noch Strauch mir die Sicht auf die Rückseite des Hauses. Ich blieb stehen, um sie zu betrachten, lauerte auf das leiseste Geräusch, auf das flüchtigste Licht aus dem Innern des Kastens. Alles war stockfinster und still. Übrigens hätten meine vergeblichen Versuche am Telefon sowie an der Gartenpforte genügen müssen, um mich davon zu überzeugen, daß Clarimont sich überall aufhalten konnte, nur nicht bei sich zu Hause. Worauf wartete ich dann noch? Er konnte jeden Augenblick hier aufkreuzen.

Ich ging auf den relativ hellen Fleck zu, den ich an der Rückseite bemerkte: eine Glastür.

Im Schein meiner Taschenlampe taxierte ich das Schloß. Es war eins der gutmütigen Modelle. Ein Kinderspiel. Den Versuchen meines Universal-Dosenöffners gab es ohne Bedenken nach. Wie ein betrunkenes Dienstmädchen am Abend des Nationalfeiertages!

In der Küche stank es nach angebranntem Fett. Ich verließ diesen übelriechenden Ort und gelangte auf einen Korridor, der mit einem Teppich ausgelegt war.

Ich orientierte mich, so gut es ging, durchquerte den Salon mit seinen Kunstschätzen (Jadefiguren und Bilder verschiedener Machart, aber alle mit „Clarimont“ signiert) und kam in das Büro, in dem der Arzt mich neulich empfangen hatte, um mir die Liste der gestohlenen Objekte auszuhändigen. Wenn sich seine andere, cinematographische Sammlung irgendwo befand, dann nur hier!

Ich leuchtete mit meiner Taschenlampe in alle Ecken und Winkel. Das Deckenlicht anzuknipsen, wagte ich nicht.

Das Ergebnis meiner Suchaktion war enttäuschend. Ich begann zu schwitzen. Ich und meine Sondereinsätze! Das Drahtseil, auf dem ich balancierte, würde mir bald die Kehle zuschnüren...

Zwischen zwei Bücherregalen entdeckte ich eine Tür. Gut, die wollte ich noch öffnen (nur, um nichts versäumt zu haben!), dann würde ich mich vom Acker machen.

Ich öffnete die Tür. Meine Taschenlampe beleuchtete die ersten Stufen einer kurzen Treppe, die nach unten führte. Gewiß riskierte ich nicht sehr viel, wenn ich hier im Keller Licht machen würde. Ich fand einen Schalter und betätigte ihn. Das plötzliche, grelle Licht blendete meine Augen. Ich schloß sie, riß sie aber sogleich wieder auf. Sie hatten etwas ganz Außergewöhnliches gesehen.

Vor mir lag ein kleiner Vorführraum mit einer Leinwand an der Rückwand. Dies war sicherlich der Ort, an dem Clarimont früher seine beruhigenden, heilenden Filme vorgeführt hatte. Jetzt diente er ihm zu seinem Privatvergnügen. Hier und da standen ein paar Stühle. Spiegel waren, ebenfalls hier und da, an den Seitenwänden zwischen Vertäfelungen angebracht und warfen sich ihre Bilder tausendfach zu. Vorhänge warteten darauf, bei Bedarf zugezogen zu werden und die Spiegel zu bedecken.

Drei Frauen befanden sich in dem Raum. Drei Frauen, die irgend etwas im Dunkeln getrieben hatten und bei meinem Eintreten gespensterhaft erstarrten. Eine von ihnen, in einem duftig-luftigen Kleid, saß mit vorgebeugtem Oberkörper auf einem Stuhl, was einen kühnen Blick auf ihr Dekolleté erlaubte. Eine zweite stand vor ihr, eingehüllt in die fließenden Falten eines kunstvoll drapierten, kostbaren Stoffes. Die dritte stand ebenfalls...

Ihr nackter Oberkörper war mit Ketten und ihre Handgelenke mit Handschellen gefesselt.

Ich näherte mich wie unter der Einwirkung einer Droge, spürte nicht, wie meine Füße den Boden berührten. Ich schwebte wie im Traum.

Die Frau im Faltenwurf und die Frau auf dem Stuhl hatten beinahe das gleiche Gesicht wie die Frau in Ketten...

Und die Frau in Ketten war Simone Coulon.

* * *

Schallendes Gelächter ertönte, brandete auf wie hoher Seegang. Ein dröhnendes Gelächter, das durch die Spiegel vervielfacht zu werden schien, ein wahnsinniges Gelächter, ein dämonisches Gelächter, das Gelächter eines vollkommen Verrückten.

Wer das Gelächter ausstieß, war ich! Je lauter ich lachte, desto mehr verschwand meine Angst. Als es endlich verebbte, hatte ich meine Kaltblütigkeit zurückgewonnen.

Die drei Frauen – Göttinnen der Rache oder die Hexen von Macbeth – waren nichts weiter als ganz gewöhnliche Wachsfiguren. Wer hatte eben noch vom Museum Grévin gesprochen?

Auch wenn ich das Gefühl hatte, mich in einem Traum zu bewegen, so träumte ich doch nicht. Polizeioffizier Sébastien, der auf seinen Titel soviel Wert gelegt hatte, mußte ebensowenig geträumt haben – und würde es in Zukunft nie wieder tun! –, als sein mißtrauischer Flic-Dickkopf mit dem Arm oder dem Bein einer dieser anmutigen Imitationen in Kontakt getreten war. Arm oder Bein waren spontan zu einem wirkungsvollen Knüppel avanciert.

Ich fing wieder an zu lachen, diesmal jedoch wie ein normaler Mensch. Ein leises, für Nestor Burma so typisches Lachen.

Ich war jetzt wieder voll und ganz bei Sinnen.

Schnell machte ich mich auf die Suche nach dem Filmarchiv. Ich mußte nicht lange suchen. Zwischen der Leinwand und einem der Spiegel auf der linken Seite entdeckte ich mehrere Wandschränke, deren verschlossene Türen man leicht mit der Vertäfelung verwechseln konnte. Eine der Türen war vor kurzem ohne jede Rücksicht aufgebrochen worden. Das Holz war von oben bis unten gespalten.

Ich öffnete den aufgebrochenen Schrank. Er enthielt zwei weitere Wachspuppen, die jedoch splitterfasernackt waren. Eine von ihnen war einarmig. Ihr kaputter Arm lag auf dem Schrankboden. Ich hob ihn auf. Seine teilweise abgeblätterte „Haut“ wies verdächtige braune Flecken auf, an denen noch Haare klebten. Die von Polizeioffizier Sébastien, nahm ich an.

Ich legte das Kunstglied zur Seite, nahm ein Schlüsselbund von einem Haken und öffnete die anderen Schränke.

So entdeckte ich eine vollständige Damengarderobe und schließlich, in den Fächern des letzten Schrankes, eine Menge Filme in Blechdosen. Jetzt mußte ich nur noch den aus dem Haufen herausfischen, der mit Marguerite Chevrys Hilfe gedreht worden war. Ich holte die Filmrollen einzeln heraus und besah mir die Etiketten. Die Aufschrift *Chev* weckte mein Interesse.

In diesem Moment wurde wieder gelacht, und eine Stimme rief aus heiterem Himmel:

„Könnten Sie mir verraten, was Sie hier suchen, Monsieur?"

Oben auf der kurzen Treppe stand eine Frau. Sie war nicht aus Wachs. Eine Frau unbestimmbaren Alters, auf deren Erscheinen ich nicht gefaßt gewesen war. So als wär's das Natürlichste auf der Welt, zielte sie mit einem Revolver auf mich.

Hastig geschminkt, mit zuviel Rouge auf den Lippen, aber sehr elegant in ihrem figurbetonten Cocktailkleid, so schwebte sie wie ein Racheengel über mir. Die toupierten Haare verliehen ihr das Aussehen einer Wölfin.

Wäre der aufgeweckte, eifrige Angestellte von der Gepäckaufbewahrung der Gare de Lyon hier gewesen, hätte er sie sicherlich als die Frau identifiziert, die am Samstag den schäbigen Koffer aufgegeben hatte. Ja, so ist das. Die Welt ist klein.

„Nehmen Sie die Hände hoch, bitte!" forderte sie mich höflich auf.

Ich gehorchte. Mit der Filmrolle in der Hand sah ich aus wie ein Angestellter der Metro, der auf dem Bahnsteig mit seiner Signalkelle das Zeichen zur Abfahrt gibt. Und in der Tat, ich stand kurz vor einer seltsamen Reise...

Die Waffe zielsicher in der Hand, kam die Frau die wenigen Stufen herunter.

„Umdrehn!" befahl sie, als sie sich auf einer Ebene mit mir befand.

Ich gehorchte wieder. Mit Vergnügen, da mein rechtes Bein, bereit zum Ausschlagen, schon nervös zitterte. Durch einen verstohlenen Blick in den Spiegel vergewisserte ich mich, daß sich mein Ziel in Reichweite befand. Dann ließ ich meinem Bein freien Lauf. Um meine Chancen zu verbessern, brachte ich auch die Filmrolle ins Spiel... Rrrrums!... Oh, verdammt, daneben! Die Frau wich aus und schlug mit dem Pistolenknauf zu. Ich versuchte nun meinerseits, ihrer Attacke auszuweichen, konnte aber nur meinen Kopf, nicht meine Schulter in Sicherheit bringen. Der Schmerz durchfuhr meinen Arm und schickte liebe Grüße an meine Nackenmuskeln.

In einer eleganten Drehbewegung ging ich zu Boden, nahm alle meine Kräfte zusammen und packte die nylonbestrumpften Beine meiner Gegnerin.

Wir wälzten uns am Boden, umschlungen und hoffnungslos ineinander verkeilt. Mal lag ich oben, mal sie. Das Tonnenspiel. Die Frau hielt ihren Revolver umklammert, und es würde nicht lange dauern, bis er von selbst losging. Ich versuchte, ihr Handgelenk zu packen, ohne ihre Beine freizugeben; doch diese schwierige Gymnastikübung übertraf meine Fähigkeiten.

Eine der Wachspuppen wollte nicht beiseite stehen und mischte sich ein: Sie landete in meinem Kreuz. Im selben Augenblick explodierte die Kanone, direkt neben meinem Ohr. Bum! Ein ohrenbetäubender Knall, gefolgt von splitterndem Glas. Ob vor Überraschung oder vor Schreck, jedenfalls lokkerte ich meinen Griff. Die Frau nutzte die Situation aus, um sich vollständig von mir zu befreien. Bevor ich irgendwie reagieren konnte, bekam ich einen erstklassigen Schlag auf den Hinterkopf verpaßt, so wie es im Programm vorgesehen war, nur ein paar Sekunden später...

Nur ein paar Sekunden später war ich schon weg.

* * *

Als ich wieder zu mir kam, mußte ich feststellen, daß mich die Kordel eines Morgenmantels an einen Stuhl fesselte. Mein Schädel dröhnte. Ich warf einen Blick auf meine Umgebung.

Die Filmrolle lag immer noch in der Ecke, in die sie gerollt war. Zwei Revolver, einer davon meiner, lagen auf einem Stuhl. Wie ich schon vermutet hatte, hatte einer der Spiegel durch den Revolverschuß stark gelitten. Der Boden war mit Splittern übersät. Auch die Puppen hatten was abgekriegt. Ihr Besitzer richtete sie liebevoll wieder her. Zwar hatte er sich noch die Zeit genommen, mich sorgfältig an den Stuhl zu fesseln, aber dann war er wohl sofort zu seinen Lieblingen gestürzt, ohne an seine toupierte Wolfsperücke zu denken. Bei unserer Balgerei war sie ihm von der glänzenden Glatze gerutscht. Jetzt lag sie wie ein totes Tier auf dem Boden.

„Mein lieber Clarimont", sagte ich, bemüht, meiner Stimme einen festen Klang zu verleihen, „Sie sollten Ihre Perücke genausogut befestigen wie in normalen Zeiten Ihr Haarteil. Wilde Gymnastikübungen bringen sie aus dem Gleichgewicht, und dann läßt sie Sie im Stich! Ich glaube, ein ähnliches Mißgeschick ist Ihnen schon einmal passiert: bei Prunier in der Rue des Mariniers."

„Ach, Sie weilen wieder unter uns?" erwiderte er, nicht sonderlich aus der Fassung gebracht.

Er ordnete noch ein wenig die Toilette der Dame im Faltenwurf, zupfte hier ein Fältchen zurecht, arrangierte dort eine Stoffbahn, trat einen Schritt zurück, um die Wirkung zu überprüfen, und war's anscheinend zufrieden. Dann erst kümmerte er sich um sein eigenes Aussehen.

Wenn ich auch leicht gerupft war, so konnte ich mich dennoch nicht beklagen. Was mir hier geboten wurde, war eine erstklassige Travestie-Show!

Clarimont nahm seine Perücke und setzte sie sich auf den blanken Schädel. Dann stellte er sich vor einen intakten Spiegel und machte sich hübsch: Schminke, Lippenstift, der ganze Kosmetikkram! Und das mit den geschickten, sinnlichen Bewegungen einer Vollblutfrau. Bei unserem Ringkampf hatten sich seine Nylonstrümpfe verzogen. Er hob sein Kleidchen hoch und brachte auch das wieder in Ordnung. Als er sein Werk beendet hatte, nahm er einen Stuhl, rückte ihn hierhin und dorthin, dann wieder hierhin, fand schließlich den idealen Platz, direkt neben der Wachspuppe mit dem duftigen Kleid, die er noch ein wenig näher zu sich heranzog. Wenn ich es richtig sah, dann hatte er sich so hingesetzt, daß er nun das Paar, das sie beide bildeten, in den Spiegeln betrachten konnte. Zärtlich legte er einen Arm um die Puppe, schlug seine Beine übereinander und begutachtete wohlgefällig die Spiegelbilder.

Ein ausgemachter Exhibitionist war er, der Irrenarzt, der

sich selbst zu seinen Patienten zählen konnte! Exhibitionist und Transvestit, beides zu hundert Prozent und im Quadrat! Es fängt damit an, daß man Bilder signiert, die man gerne selber gemalt hätte. Dann zieht man sich Frauenkleider an und posiert in provozierenden Haltungen vor Spiegeln, die das Bild tausendfach widerspiegeln. Und um die Sache noch spannender zu gestalten, besorgt man sich kleine, versaute Filme und sieht sie sich zusammen mit Wachsfiguren an...

Ich weiß nicht mehr, wie lange das Schweigen, das zwischen uns herrschte, dauerte. Clarimont brach es schließlich.

„Man kann sagen, daß Sie neugierig sind, nicht wahr?" begann er. „Die Pest wünsch ich dem Idioten Coulon an den Hals! Warum mußte er mir Sie unbedingt aufdrängen? Als Sie eben geläutet haben, war ich hier in diesem Raum, ganz ruhig, ohne jemandem etwas Böses zu tun. Ich bin hochgegangen und hab nach draußen gesehen, ohne daß Sie mich sehen konnten. Wollte wissen, wer mich um diese Uhrzeit störte. Ich hab Sie erkannt, Burma, aber natürlich hatte ich nicht die Absicht, Ihnen zu öffnen. Ich konnte doch nicht ahnen, daß Sie hier einbrechen würden! In ein Haus, das Sie für leer halten mußten! In solchen Fällen besteht immer die Gefahr, daß man sich eine Kugel einfängt... dann nämlich, wenn sich doch jemand in dem Haus aufhält. Und genau das wird Ihnen gleich passieren, mein Lieber! Ich habe Sie für einen Einbrecher gehalten, ganz einfach! So was kommt bei der Kriminalbehörde prima an! Im Vertrauen gesagt: Ich hatte trotz allem mit einem Einbruch gerechnet und mich versteckt."

„Ja", sagte ich. „Auf mein Läuten hin haben Sie nicht geöffnet, und ans Telefon sind Sie auch nicht gegangen. Haben Sie telepathische Fähigkeiten, um zu erraten, wer Sie anruft?"

Rede, Nestor, rede! Du mußt Zeit gewinnen...

„Ach, das hat damit nichts zu tun", erwiderte der Arzt. „Ich wollte heut abend alleine sein. An manchen Tagen hab ich schon mal so ein Bedürfnis..."

Tage, an denen er drauflos phantasierte. Bei Vollmond,

Halbmond, zu- und abnehmendem Mond. Glückspilz, der ich bin, war ich an den Richtigen geraten!

„Ich habe das Telefon abgestellt. Seit heute morgen. Es läutet nur bei dem, der anruft, nicht bei mir. Wenn Sie angerufen haben, konnte ich es nicht hören… Also, Sie neugierige Spürnase, was wollten Sie hier?"

„Eine Theorie überprüfen."

„Sehr interessant. Wir Wissenschaftler haben eine ganz besondere Vorliebe für Theorien."

Er hörte auf, seine Wachspuppe zu streicheln, rückte seinen Stuhl näher zu mir heran und musterte mich eingehend. Ganz der Irrenarzt, der einen Patienten auf seinen Geisteszustand untersuchen will. Umgekehrt hätte ich einiges feststellen können! Doch plötzlich stellte ich noch etwas anderes fest.

„Sie haben Ihre Brille nicht auf", bemerkte ich.

„Nein. Frauen mögen das nicht."

„Und Ihre Augen haben sich verändert… Sind weniger farblos…"

„Leicht getönte Kontaktlinsen."

„Aha! Um das Leben in rosaroten Farben zu sehen?"

„Sie sagen es!"

Seine Stimme war sanft und eindringlich. Wie gesagt: ganz der Irrenarzt.

„Eine Theorie also", wiederholte er. „Und worauf bezieht sich Ihre Theorie?"

„Auf die Morde an einem gewissen Prunier und an Inspektor Sébastien, begangen von einem Mann, der einen Diebstahl vorgetäuscht hat, um die Aufmerksamkeit von einem anderen, echten Diebstahl, dessen tatsächliches Opfer er geworden ist, abzulenken."

„Oh, oh! Das müssen Sie mir näher erklären! Entspannen Sie sich, bleiben Sie ganz ruhig und erklären Sie mir, was Sie da eben gesagt haben. Sie scheinen ein interessanter Fall zu sein, wissen Sie das?"

„Und Sie erst! Haben Sie sich noch nicht im Spiegel besehen?"

„Doch, doch! Ich besehe mich pausenlos... Aber sagen Sie, dieser Prunier, nicht wahr..."

„Das ist der, dem wir es gewissermaßen verdanken, daß wir uns überhaupt kennengelernt haben."

„Richtig. Also, ich habe Prunier getötet?"

„Ja."

„Klassisch", seufzte Clarimont. „Der Patient beschuldigt den behandelnden Arzt stets der schlimmsten Verbrechen... Und warum sollte ich Prunier umgebracht haben?"

„Weil er Ihnen einen Film geklaut und dabei Ihr Geheimnis gelüftet hat."

„Welches Geheimnis?"

„Daß Sie ein exhibitionistischer Transvestit sind. Prunier war ein Erpresser. Nachdem er's bei Rita Cargelo versucht hat... Apropos, da wir schon einmal dabei sind, können wir ruhig alle Namen nennen, nicht wahr? Sie kennen doch Rita Cargelo, oder?"

„Dieser widerliche Coulon kennt sie, ich nicht... Fahren Sie fort!"

„Nachdem Prunier es bei Rita Cargelo versucht hat, konnte er's ja auch bei Ihnen..."

„Entschuldigen Sie", unterbrach mich der Arzt, „aber ich versteh immer noch nicht so recht. Können Sie sich nicht etwas deutlicher ausdrücken?"

„Aber gerne. Sehen Sie, ich vermute..."

„Ach! Sie vermuten! Dann sind das also alles nur Vermutungen! Aber erzählen Sie ruhig weiter, mein Freund."

„Ich vermute, daß Prunier und Sie sich schon seit langem kannten. Aus der Zeit nämlich, als Prunier ganz spezielle Filme gedreht und Ihnen geholfen hat, Ihre ‚beruhigenden' und ‚heilenden' Filme zu produzieren. Außerdem waren Sie ja Filmliebhaber. Ich meine, was die speziellen Filme angeht. Prunier hat sie Ihnen geliefert. Er und vielleicht auch das Rauschgiftdezernat, zu dem Sie Beziehungen hatten, aufgrund Ihrer Tätigkeit bei Gericht. Aber das ist eine andere Geschichte. Unter den Filmen, die Prunier Ihnen verschaffte, war auch einer mit Rita Cargelo in der Hauptrolle. Eine Jugendsünde der Schauspielerin, die sie teuer bezahlen mußte. Doch eines Tages widersetzte sie sich der Erpressung. Um sie zur Vernunft zu bringen, entschließt sich Prunier, ihr den Streifen vorzuführen. Er besitzt zwar selbst keine Kopie, weiß aber, wo er sich eine besorgen kann: bei Ihnen! Er bittet Sie, ihm die Filmrolle auszuleihen. Sie lehnen ab. Das paßt Prunier überhaupt nicht in den Kram. Ohne Film kein Geld von Rita Cargelo! Also beschließt er, bei Ihnen einzubrechen. Das Unternehmen erscheint ihm nicht besonders schwierig. Louveau, Ihr Butler, weiß, daß Sie sich kennen. Er wird den Kameramann ohne weiteres ins Haus lassen. Prunier nutzt Ihre Abwesenheit in Sceaux aus, um hier aufzukreuzen. Wie vorausgesehen, läßt der Butler ihn ins Haus. Doch das Märchen, das Prunier ihm auftischt, überzeugt ihn nicht. Ihr getreuer Butler gestattet dem diebischen Kameramann nicht, das Filmmaterial zu sichten. Zum Dank dafür wird er niedergeschlagen, fällt unglücklich auf eine Kante der Glasvitrine und bleibt mausetot liegen. Lassen wir ihn dort auf dem Boden liegen, und folgen wir Prunier, der in diesen Vorführraum rennt. Hier, in den Wandschränken, muß sich das Lager befinden. Die Schränke sind abgeschlossen. Prunier bricht einen auf, und... Ja, was haben wir denn da? Weiberklamotten, Wachspuppen und sicherlich auch Ihre Perücke, da Sie das Wochenende in Männergestalt zu verbringen gedachten... ‚Komisch, komisch', sagt sich Prunier. Und dann kapiert er. Doch im Augenblick interessiert er sich vor allem für eins: für den Film mit Rita Cargelo. Er findet ihn in einem anderen Schrank – der entsprechende Schlüssel hängt in dem aufgebrochenen – und nimmt ihn mit. Entspricht das in groben Zügen den Tatsachen, Doktor?"

„Das ist sehr interessant", bemerkt Dr. Clarimont anerkennend. „Erzählen Sie weiter."

„Jetzt betreten Sie die Szene. Sie kommen von Ihrem Wochenendausflug zurück. Entdecken Louveaus Leiche. Was ist passiert? Das ist leicht zu rekonstruieren. Als Sie nämlich feststellen, daß einer der Wandschränke aufgebrochen ist und der berühmte Film in Ihrer Sammlung fehlt, verstehen Sie: Prunier war hier! Er hat Louveau umgebracht und nicht nur den Film geklaut, sondern auch Ihr geheimstes Geheimnis entdeckt. Dieses Schwein! Gut, mit ihm wird später abzurechnen sein. Dringender ist im Moment eine geschickte Tarnung des Dramas, das Sie selbstverständlich nicht vollkommen vertuschen können. Sie schlagen die Scheibe einer Ihrer Vitrinen ein, nehmen ein paar Nippes heraus, verstecken sie... vielleicht sogar in diesem Raum hier, von dem Sie die Flics irgendwie fernzuhalten wissen. Sonst würden die womöglich noch den aufgebrochenen Schrank entdecken und Ihnen unangenehme Fragen stellen! Das Interesse der Polizei wird sich ohnehin auf Ihren Salon, den Ort des ‚Diebstahls', konzentrieren. Sie genießen so großen Respekt bei den Flics, daß Sie sie davon abhalten können, dort herumzuschnüffeln, wo sie nicht herumschnüffeln sollen. Sie sind schließlich nicht irgend jemand, Sie sind ein früherer Sachverständiger bei Gericht, man kennt Sie bei der Kripo... Selbst Monsieur Sébastien, den mißtrauischen Polizeioffizier, muß das beeindrukken. Bei jedem anderen als Ihnen würden die Flics mit ihren klobigen Schuhen – die sie gar nicht mehr tragen, an die wir uns aber noch bestens erinnern! – überall herumtrampeln. Aber bei Ihnen! Kurz, Sie alarmieren die Polizei, und alles verläuft ganz normal nach Ihren Wünschen. Das Ablenkungsmanöver gelingt. Und nun kommt der berühmte Montagabend. Sie beschließen, Prunier einen Besuch abzustatten und den Film zurückzuverlangen. Hatten Sie die Absicht, ihn umzubringen? Offen gesagt, das glaube ich nicht. Brutal sind Sie nicht..."

„Danke", sagte Clarimont lächelnd.

Bösartig, dachte ich, aber nicht brutal. Laut fuhr ich fort:

„Ich glaube es nicht, aber wissen tu ich's auch nicht. Was ich ebensowenig weiß, ist, aus welchem Grunde Sie sich für den Besuch als Frau verkleidet haben."

„Wirklich nicht?"

Er schien sich köstlich zu amüsieren.

„Sie enttäuschen mich", lachte er. „Strengen Sie sich mal ein wenig an! Das ist unerläßlich für das Studium Ihres Falles."

„Meinetwegen, Doktor. Nehmen wir an, Sie haben sich aus Vorsicht, Perversität oder List verkleidet. Aus Vorsicht: Sollte Prunier Besuch haben, wird man den Dr. Clarimont nicht erkennen. Aus Perversität: Die Travestie ist nicht nur für den Hausgebrauch bestimmt. Manchmal verlangt es Sie, sich in dieser Aufmachung in der Öffentlichkeit zu zeigen. Zum Beispiel letzten Samstag, als Sie den Koffer mit den Jadefiguren aufgegeben haben. Und schließlich die List: Prunier, eine Art Sex-Besessener, wird eine Frau nur zu gerne in seine Wohnung lassen. Wie dem auch sei, am Montagabend stehen Sie dem Kameramann in der Rue des Mariniers gegenüber. Es kommt für ihn nicht in Frage, Ihnen den Film sogleich auszuhändigen. Er erwartet Mademoiselle Cargelo, um ihr eben diesen Film vorzuführen. Vielleicht erklärt er Ihnen seine Situation, spricht von Erpressung und läßt durchblicken, daß er Ihr süßes Geheimnis kennt, droht Ihnen und... Wortwechsel, Streit, Handgemenge, in dessen Verlauf Prunier erschossen wird, möglicherweise mit seinem eigenen Revolver. Sie nehmen den Film an sich, und als Sie sich aus dem Staub machen wollen, entdecken Sie ein junges Mädchen im Nebenzimmer. Ein harmloses junges Mädchen, das keine Gefahr für Sie darstellt: Sie ist mit Rauschgift abgefüllt, Ihr sicheres Doktorauge täuscht Sie nicht. Blitzartig erkennen Sie die Chance, die sich Ihnen bietet: Sie können die Verantwortung für den Mord an Prunier auf andere Schultern als die Ihren laden. Sie drücken der Kleinen die Kanone in die Hand und verpassen ihr vielleicht noch eine zusätzliche Spritze, damit sie noch tiefer und länger schläft. Zu Hause angekommen, müssen Sie nur noch anonym die Polizei anrufen."

Ich machte eine Atempause, um dann fortzufahren:

„Das junge Mädchen war Simone Coulon. Jemand also, den Sie gut kennen. Die Tochter eines Freundes... Hassen Sie die beiden denn so sehr, Vater und Tochter?"

„Das geht Sie nichts an!" stieß er mit heiserer Stimme und zusammengebissenen Zähnen hervor.

Er machte nun nicht mehr den Eindruck, sich zu amüsieren.

„Oh doch!" widersprach ich ihm. „Das geht mich sehr wohl etwas an! Und ich will Ihnen etwas sagen, was den Polizeioffizier Sébastien umgehauen hätte. Das hätte nämlich sein kleines, mittelmäßiges Beamten-Begriffsvermögen überstiegen. Aber Sie, Doktor, Sie werden es wissen. Man darf sich nicht von Ihrer Neigung zur Travestie täuschen lassen und der Meinung von geistig Minderbemittelten wie Sébastien anschließen. Für solche Leute ist nämlich jeder, der Frauenkleider anzieht, ein Homosexueller. Dagegen hat Ihr brillanter Kollege aus Deutschland, Herr Dr. Magnus Hirschfeld, einwandfrei bewiesen, daß diese Neigung nicht das geringste mit Homosexualität zu tun hat. Im Gegenteil. Sie zum Beispiel haben früher einmal eine Frau geliebt und lieben sie immer noch. So sehr, daß Sie sich Wachspuppen nach ihrem Ebenbild anfertigen ließen. Das heißt, gleichzeitig hassen Sie sie auch, nachdem sie Sie abgewiesen hat. Und diesen Haß haben Sie auf ihre Tochter und auf den glücklicheren Rivalen übertragen. Coulon, der Ihrer Gesellschaftsschicht nicht angehört, hat eine Frau geheiratet, die eben dieser Gesellschaftsschicht angehörte: Eliane Soundso. Sie kannten sie, Sie liebten sie, aber sie hat Coulon geheiratet. Sie haben weiterhin mit der Familie verkehrt, haben sich mit Coulon angefreundet. Er jedenfalls hält Sie für seinen Freund. Victor Coulon ist ein Mann, der nicht viel versteht. Zum Beispiel würde er nicht verstehen, daß Sie sich diesen Wachsfiguren widmen, sie mit kostbaren Stoffen behängen oder mit Ketten fesseln. Und alle haben das Gesicht der geliebten Frau... Geliebt, angebetet und zugleich gehaßt. Das Original der Puppen ist nicht Simone, wie ich zunächst gedacht hatte, sondern ihre Mutter. Nach dem Foto zu urteilen, das ich bei Coulon gesehen habe, gleichen sich Mutter und Tochter auf bemerkenswerte Weise... Als Simones Mutter verrückt wurde, haben Sie sich um sie gekümmert. Ich weiß allerdings nicht, ob Sie sie gepflegt oder ihren Zustand verschlimmert haben. Na ja, das ist jetzt egal... Kehren wir wieder in die Rue des Mariniers zurück. Sie entdecken Simone in Pruniers Schlafzimmer. Eine Riesenüberraschung! Sie erkennen sofort die Chance, die sich für Sie daraus ergibt: Erstens können Sie die Schuld auf das Mädchen abwälzen, und zweitens können Sie Vater Coulon damit großen Kummer bereiten. Sie gehen so vor, wie ich es eben beschrieben habe; dann fahren Sie nach Sceaux, um von dort aus die Flics anzurufen und sie an den Tatort zu schikken... Ach ja, das habe ich ganz vergessen: Sie nehmen Pruniers Adreßbuch mit, verlieren es aber auf Ihrer Flucht. Und jetzt, Doktor, jetzt ist dieses Adreßbuch in meinem Besitz! Sie kommen nach Hause, und hier erwarten Sie weitere Scherereien. Ich stelle mir vor... Man kann's sich nur vorstellen, nicht wahr?"

„Phantasieren Sie nur", sagte er ruhig. „Das tun alle meine Patienten."

„Ja. Stellen wir uns also vor, der Polizeioffizier Sébastien, von Natur aus mißtrauisch und darauf bedacht, sich hervorzutun, stellt sich, anstatt ins Bett zu gehen wie jeder anständige Bürger, als Wachposten vor Ihre Villa. Er vermutet vielleicht – er auch! –, daß Sie sich selbst beklaut haben. So was soll ja vorkommen. Nun, er sieht, wie Ihr Wagen wegfährt und wieder zurückkommt. Am Steuer jedoch sitzen nicht Sie, sondern eine Frau mit toupierten Haaren, eine Frau, von der noch nie die Rede war, auch nicht, daß sie mit Ihnen zusammenlebte. Das drängt den Polizeioffizier natürlich dazu, Erklärungen von Ihnen zu verlangen. Er tut es, und es geht übel für ihn aus. Ohne Ihr Verhalten entschuldigen zu wollen, muß ich zugeben, daß Sie gar nicht anders handeln konnten. Sie schlagen ihn mit dem Arm einer Ihrer Wachsfiguren nieder, strangulieren ihn und vergraben die Leiche im nahegelegenen Wald von Verrières. Nach getaner Totengräber-Arbeit rufen Sie die Flics im vierzehnten Arrondissement an. Die kleine Auseinandersetzung mit Sébastien hat zwar Ihren Zeitplan etwas durcheinander gebracht, aber Simone muß wohl noch tief und fest in Pruniers Wohnung schlafen. Kaum haben Sie den Hörer auf die Gabel gelegt, klingelt das Telefon..."

„Wirklich!" rief der arme irre Irrenarzt. „Welch eine Präzision! Welch eine Liebe zum Detail! Der klassische Paranoiker!"

„Nur die Addition von präzisen Details ergibt eine Theorie", belehrte ich ihn.

„Erzählen Sie weiter!"

„Das Telefon klingelt. Während Ihrer Abwesenheit hat es nicht aufgehört zu klingeln. Victor Coulon versucht verzweifelt, Sie zu erreichen. Jetzt endlich gelingt es ihm. Und wissen Sie, warum er Sie erreichen wollte?"

„Weil Simone meine Hilfe brauchte."

„Richtig! Das hat Ihnen einen Schock versetzt, was?"

„Allerdings."

„Und Sie haben nichts kapiert, stimmt's?"

„Nein, verdammt nochmal!"

„Sie haben nicht kapiert, daß ich Coulon inzwischen von meinem nächtlichen Abenteuer berichtet hatte. Sie haben lange gebraucht, um zu uns zu kommen, denn Sie mußten sich ja von dem Schock erholen, sich säubern, sich umziehen, gewissermaßen in eine andere Haut schlüpfen."

„Ja. Und diese Person, die weder Mann noch Frau war oder beides zugleich... Haha!" Er lachte auf. „Wie ich, sieh mal an! Diese Person also, die nach mir in Pruniers Wohnung kam und Sie angerufen hat, wer war das?"

„Rita Cargelo. Dann hat Prunier Ihnen offensichtlich nicht erzählt, daß er sie erwartete?"

„Nein. Sind Sie fertig?"

„Nein. Bei Coulon wartete nämlich noch eine weitere, allerdings harmlosere Überraschung auf Sie. Setzt sich doch dieser Idiot, wie Sie ihn nennen, dieser hilfsbereite dicke Tolpatsch, der er ist, in den Kopf, mich für Sie zu engagieren! Sie können sein großzügiges Angebot selbstverständlich nicht ablehnen. Aber Sie reagieren hervorragend. Hut ab, Doktor!"

„Was habe ich denn so Hervorragendes getan?"

„Na ja, Sie laden mich zu sich nach Hause ein, um mir die Liste der gestohlenen Objekte auszuhändigen. Das gibt Ihnen Gelegenheit, mich zum Zeugen Ihrer vorgetäuschten Gärtnerarbeit zu machen! Man kann nämlich nie wissen, die Leute sind ja sooo mißtrauisch! Siehe Sébastien. Sollte ich die Blasen an Ihren Händen bemerken, käme es mir nicht in den Sinn, Sie zu fragen, ob etwa das Schaufeln eines Grabes Ihre Hände so verunstaltet hat. Außerdem erlaubt es Ihnen unsere Unterhaltung auch, auf Simones schweres Erbe zu sprechen zu kommen, was Sie noch weiter aus dem Kreis der möglichen Täter entfernt. Tja, und nun bin ich bald am Ende mit meiner Geschichte. Muß Ihnen nur noch erzählen, daß Sie mir den Gepäckschein zugeschickt haben, mit dem ich die ‚geklauten' Jadefiguren von der Gare de Lyon abholen konnte. Damit wäre der Fall erledigt."

Nach einem kurzen Schweigen stand Clarimont auf und sagte:

„Sehr gut, sehr gut... Entschuldigen Sie mich bitte für einen Augenblick. Ich muß nach oben gehen, um mich abzuschminken und einen Pyjama anzuziehen, einen für Männer! Später dann werde ich unsere gute Polizei anrufen, um sie davon zu unterrichten, daß ein Mann sich gewaltsam Zugang zu meinem Anwesen verschafft hat und daß ich den Einbrecher erschossen habe."

„Und Sie wollen mich hier in diesem Raum hinrichten?" fragte ich mit ziemlich trockener Kehle. „Hier, zwischen den Wachsfiguren? Das wird sich aber gar nicht gut machen..."

„Halten Sie mich für blöd?" fragte er zurück. „Ich habe mir schon den richtigen Ort für Ihre Hinrichtung ausgedacht: die Küche natürlich, dort, wo ich Sie erwischt habe, als Sie in mein Haus eingedrungen sind. Werd Sie gleich dorthin befördern. Also, bis gleich! Sie können ja in der Zwischenzeit ein wenig beten."

Mein Henker ging die Treppe hinauf.

Statt eines Gebetes stieß ich einen Haufen gottloser Flüche

aus. Zavatter, dieses Rindvieh! Er wartete im Auto auf mich. War er eingeschlafen oder was?–

Doch dann beendete ich meine unflätige Litanei. Aus dem Erdgeschoß drangen die Geräusche eines wilden Kampfes an mein Ohr. Zavatter hatte wohl endlich begriffen, daß irgend etwas schiefgelaufen war.

„Hierher, Zavatter!“ brüllte ich.

Mein Mitarbeiter erschien oben an der Treppe, begleitet von einem Mann, den ich nicht kannte, der aber unverkennbar einem Flic so ähnlich sah wie nur ein Flic einem Flic ähnlich sehen kann.

Kommissar Faroux hatte ebenfalls zwei und zwei zusammengezählt und präzise Details addiert.

* * *

Ein schmutziggrauer Morgen brach über Paris an. In dem verrauchten Büro des Kommissars saßen wir zwei, Faroux und ich, und sahen uns schweigend an.

„Tja, mein Lieber“, sagte mein Freund schließlich lachend, „wenn Sie sich heute nacht nicht als Fassadenkletterer betätigt hätten...“

Nachdem ich – zusammen mit Dr. Clarimont, der immer noch als Frau verkleidet war – zum Quai d’Orfèvres ins Kommissariat gefahren war, hatte ich mir in aller Ruhe angehört, was sich außerhalb der Villa des Arztes abgespielt hatte.

Ohne handfeste Beweise gegen Clarimont in der Hand zu haben, hatte Faroux ihn überwachen lassen. Der Kommissar mochte den Arzt nicht. Er hatte in seiner Vergangenheit herumgeschnüffelt und war auf verschiedene Dinge gestoßen. Dr. Clarimont war von der Leitung der Spezialklinik mehr oder weniger vor die Tür gesetzt worden. Sein eigenwilliges Vorgehen bei der Einweisung von Kranken hatte ihn ins Zwielicht geraten lassen. Deswegen also dieser vorzeitige Ruhestand!

Faroux’ Wachposten, die in einem leerstehenden Nachbarhaus der Arztvilla lauerten, hatten gesehen, wie ich an der Gartenpforte geläutet hatte und dann über die Mauer geklettert war. Sie hatten Zavatter, der in meinem Wagen wartete, angesprochen, und der hatte den Flics alles erzählt. In diesem speziellen Fall war ich ihm deshalb nicht einmal böse! Einer der Flics war hinter mir hergestiegen und hatte sich ebenfalls ins Haus geschlichen. Dort wurde er Zeuge des Kampfes zwischen Clarimont und mir und unserer anschließenden Unterhaltung... Na ja, besser gesagt, meines Monologs. Er war zu seinem Kollegen zurückgelaufen, und sie hatten vom Kommissariat in Sceaux aus ihren Vorgesetzten in der Tour Pointue verständigt. Daraufhin wurde Verstärkung geschickt. Die Villa wurde umstellt. Zwei oder drei Flics waren zusammen mit Zavatter ins Haus eingedrungen. Das war zwar nicht ganz legal, aber auch deswegen war ich niemandem böse.

„Und jetzt", sagte Faroux gähnend, „wird Ihre Zeugenaussage getippt. Sobald Sie sie unterschrieben haben, können Sie nach Hause gehen."

Er stand auf und verließ das Büro. Ich blieb alleine mit meiner Pfeife und meinen Gedanken.

Als der Kommissar wieder zurückkam, hatte er ein paar maschinenbeschriebene Seiten und eine Filmrolle in der Hand. Ich unterschrieb meine Zeugenaussage. Faroux legte sie in einen Aktenordner und schob die Filmrolle zu mir herüber.

„Der Mann ist völlig bescheuert", bemerkte er. „Diesmal werden seine Kollegen von ihren üblichen Gutachten abweichen und eine Ausnahme machen: Sie werden ihn für unzurechnungsfähig erklären. Wahrscheinlich wird es nicht zu einem Prozeß kommen. Man wird ihn lebenslänglich in einer geschlossenen Anstalt einsperren... Hier, ein Beweisstück mehr oder weniger..."

„Danke", sage ich und klemmte mir die Filmrolle unter den Arm. „In meinem Namen und in ihrem."

„In ihrem? In wessen?"

„In Rita Cargelos Namen."

„Rita Cargelo? Wer ist das denn?"

Er war so nett, mein Freund, der Kommissar. Eigentlich wäre ich verpflichtet gewesen, ihm stundenlang von der Schauspielerin zu erzählen.

„Niemand", antwortete ich stattdessen. „Eine Traumgestalt, die kommt und geht, je nach den Lichtverhältnissen. Sie haben sicherlich noch nie von ihr gehört."

„Nein, noch nie. Wiedersehn, Nestor."

„Wiedersehn."

Wir gaben uns die Hand und trennten uns.

Mein Wagen wartete vor dem Kommissariat auf mich. Zavatter war schon nach Hause gegangen, um sich auszuschlafen. Ich setzte mich hinters Steuer und legte den Film ins Handschuhfach. Dann gähnte ich herzhaft und zündete mir meine Pfeife an.

Ich mußte an Rita Cargelo denken. Bestimmt würde sie froh sein, daß die Sache ausgestanden war; aber ich hatte meine Zweifel, ob sie ebenso froh sein würde, mich in Zukunft noch häufiger wiederzusehen. Ich mußte mich damit abfinden. Große Stars zählen ohnehin nicht zu meinen Bekannten.

Auch Mado, die blonde Freundin von Milo, würde mich nie mehr wiedersehen wollen. Schließlich hatte ich nicht unwesentlich dazu beigetragen, daß ihr Mann ermordet worden war.

Und Simone? Ein Treffen mit ihr hätte nach dem, was passiert war, peinlich werden können...

Verdammt! An Frauen, richtigen oder falschen, hatte es in dieser Geschichte wahrlich nicht gemangelt! Und nicht eine würde sich ohne Bitterkeit an Nestor Burma erinnern. Wie hatte ich soeben zu Florimond gesagt? „Eine Traumgestalt, die kommt und geht, je nach den Lichtverhältnissen." Das galt für alle, in der Reihenfolge ihres Auftretens.

Ich fühlte mich plötzlich hundemüde und einsam, trotz des Katzenjammers, der mir treu und brav die Stange hielt. Ich träumte von einem Liter schwarzen, heißen Kaffee.

Ich ließ den Motor an. Doch anstatt Kurs auf mein Heim zu nehmen, überquerte ich den Pont Saint-Michel und fuhr den Boulevard hinauf.

Eine Viertelstunde später klopfte ich an die Tür eines Malerateliers in der Rue de Coulmiers, obwohl man dort nicht anzuklopfen brauchte.

„Ich bin's", sagte ich zu der Frau mit den blauen Haaren, die mir öffnete. „Siehst du, ich bin zurückgekommen. Und nicht, um Fragen zu stellen!"

ENDE

Inhalt

Léo Malet

Léo Malet, geboren am 7. März 1909 in Montpellier, wurde dort Bankangestellter, ging in jungen Jahren nach Paris, schlug sich dort unter dem Einfluß der Surrealisten als Chansonnier und "Vagabund" durch und begann zu schreiben. Zu seinen Förderern gehörte auch Paul Èluard. Léo Malet lebt in Chatillon bei Paris.

Eine Auswahl der lieferbaren Titel von Léo Malet:

Applaus für eine Leiche *Krimi aus Paris. Nestor Burma ermittelt*
(rororo 13145)

Bambule am Boul' Mich' *Krimi aus Paris*
(rororo 12769)
Ein Medizinstudent hat in seinem Auto, mit Drogen vollgepumpt, Selbstmord begangen. Motiv findet sich keines. Die Polizei schließt die Akten. Nur die Verlobte des Toten glaubt nicht an den Selbstmord. Sie engagiert Nestor Burma ...

Blüten Koks und blaues Blut *Nestor Burma ermittelt*
(rororo 12966)

Die Brücke im Nebel *Krimi aus Paris*
(rororo 12917)

Ein Clochard mit schlèchten Karten *Krimi aus Paris*
(rororo 12919)

Die Nächte von St. Germain *Krimi aus Paris*
(rororo 12770)

rororo Unterhaltung

Bilder bluten nicht *Krimi aus Paris*
(rororo 12592)
«Für alle Frankophilen ist dieser ganze Piff und Paff von Rotwein, Chanson, Baguette und platten schwarzen Mützen die reine Freude, wenn sie mit Nestor Burma, dem netten stierkopfpfeiferauchenden Detektiv, durch die diversen (pro Band) Stadtteile schlendern können ... wärmsten zu empfehlen.»
Renée Zurcker in der taz

Nestor Burma in der Klemme *Krimi aus Paris. Nestor Burma ermittelt*
(rororo 12965)

Ein Gesamtverzeichnis aller lieferbaren Titel von **Léo Malet** finden Sie in der *Rowohlt Revue*. Vierteljährlich neu. Kostenlos in Ihrer Buchhandlung.

Rowohlt im Internet:
http://www.rowohlt.de

Roald Dahl

Roald Dahls Eltern waren Norweger. Er selbst kam 1916 in England zur Welt. Dahl nahm an einer Expedition nach Neufundland teil, meldete sich mit Kriegsbeginn zur Royal Air Force und war Kampfpilot in Nordafrika. Damals begann er jene schwarzen Kurzgeschichten zu schreiben, deren Pointe man nie vorauszusehen vermag. Seine «Küßchen» wurden in zahlreiche Sprachen übersetzt. Dahl starb 1990 in England.

Küßchen, Küßchen! *Elf ungewöhnliche Geschichten*
(rororo 10835)

...und noch ein Küßchen!
Weitere ungewöhnliche Geschichten
(rororo 10989)

...steigen aus... Maschine brennt...
10 Fliegergeschichten
(rororo 10868)

Onkel Oswald und der Sudan-Käfer *Eine haarsträubende Geschichte*
(rororo 15544)

Mein Freund Claud
Erzählungen
(rororo 12764)

Kuschelmuschel *Vier erotische Überraschungen*
(rororo 14200)

Konfetti *«Ungemütliches + Ungezogenes»*
(rororo 15847)

Ich sehe was, was du nicht siehst *Acht unglaubliche Geschichten*
(rororo 15362)

3213/5

rororo Unterhaltung

Boy *Schönes und Schreckliches aus meiner Kinderzeit*
(rororo 15693)

Der krumme Hund *Eine lange Geschichte*
(rororo 10959)

Im Alleingang *Meine Erlebnisse in der Fremde*
(rororo 12182)

Roald Dahl's Buch der Schauergeschichten
(rororo 12629)

Im Rowohlt Verlag außerdem lieferbar:

Georgy Porgy *Gesammelte Erzählungen*
Deutsch von Fritz Güttinger, Wolfheinrich von der Mülbe und Hans-Heinrich Wellmann
448 Seiten. Gebunden

Ein Gesamtverzeichnis aller lieferbaren Titel von **Roald Dahl** finden Sie in der *Rowohlt Revue*. Vierteljährlich neu kostenlos in Ihrer Buchhandlung.
Rowohlt im Internet:
www.rowohlt.de

Robert S. Elegant

Robert S. Elegant, geboren in New York, selbst lange Jahre als Korrespondent in Hongkong, Singapur, Tokio und Neu-Delhi tätig, gewährt mit seinen Roman-Bestsellern und Fachbüchern einen tiefen Einblick in die Geschichte, die politischen Geschicke und die uralten Kulturen Chinas und Asiens. Er lebt heute in London und Umbrien.

Mandschu *Roman*
(rororo 15484)
«... ein historisch-exotisches Kolossalgemälde.»
Hamburger Abendblatt

Bianca *Venezianische Aufzeichnungen. Roman*
rororo 13646
Eine dramatische Liebesgeschichte, eingebettet in politische Intrigen, wie sie in keinem modernen Spionagethriller feiner gesponnen sein könnten.

Sturm über Shanghai *Roman*
(rororo 13152)

Die Loge zum Grünen Lotos
Roman
Deutsch von
Peter Weber-Schäfer
336 Seiten. Gebunden.
Wunderlich
Das Buch ist ein atmosphärisch dichter, packender Spannungsroman, der den Leser in die politisch konfliktreiche Mao-Ära versetzt – eine Epoche, die das Gesicht Asiens prägte.

rororo Unterhaltung

Zeit des Bären Roman
Deutsch von Maria Mill
448 Seiten. Gebunden.
Wunderlich
Ein rasanter Thriller im Spannungsfeld von Politik und Medienmacht, von Moral und Größenwahn.

Ein Gesamtverzeichnis aller lieferbaren Titel der *Rowohlt Verlage, Wunderlich* und *Wunderlich Taschenbuch* finden Sie in der *Rowohlt Revue*. Vierteljährlich neu. Kostenlos in Ihrer Buchhandlung.

Rowohlt im Internet:
www.rowohlt.de

James Herriot

James Herriot ist das Pseudonym des britischen Tierarztes James Wight, geboren 1916. Er lebte mit seiner Frau und seinen zwei Kindern in Nordengland, wo er bis zu seinem zweiundsiebzigsten Lebensjahr als Tierarzt praktizierte. James Herriot starb am 23. Februar 1995 in Thirsk in Yorkshire.

Der Doktor und das liebe Vieh
Als Tierarzt in den grünen Hügeln von Yorkshire
(rororo 14393 und in der Reihe Großdruck 33133)
Warmherzig und humorvoll, mit nie versiegendem Staunen vor dem immer wieder neuen Wunder des Lebens erzählt James Herriot in den amüsanten Erinnerungen von der Tierarztpraxis in der wilden, einsamen Landschaft der Yorkshire Dales.

Der Tierarzt *Die zweite Folge der heiteren Tierarztgeschichten*
(rororo 14579)

Der Tierarzt kommt *Die dritte Folge der heiteren Tierarztgeschichten*
(rororo 14910)
«Geschichten voller Heiterkeit, voller Witz und Nachdenklichkeit. Eine wunderschöne, entspannende Lektüre für den Sonntagvormittag auf dem Balkon oder für den Urlaub.»
Norddeutscher Rundfunk

Ein jegliches nach seiner Art
Neue Geschichten vom Doktor und dem lieben Vieh
(rororo 13733)

rororo Unterhaltung

Von Zweibeinern und Vierbeinern *Neue Geschichten vom Tierarzt*
(rororo 15460)
«Das ist ein Herriot von der besten Sorte, ein Buster Keaton der Tiermedizin. Er bringt uns zum Lachen und zum Weinen, und er führt uns manche kleine Wahrheiten vor Augen, denen wir nachdenklich zustimmen ...»
Washington Post

Auf den Hund gekommen
Stories
(rororo 13638)
Eine Auslese der aufregenden und nachdenklichen, humorvollen und melancholischen Hundegeschichten aus den Büchern des berühmten Tierarztes.

Ein Gesamtverzeichnis aller lieferbaren Titel der *Rowohlt Verlage, Wunderlich* und *Wunderlich Taschenbuch* finden Sie in der *Rowohlt Revue*. Vierteljährlich neu. Kostenlos in Ihrer Buchhandlung.
Rowohlt im Internet:
www.rowohlt.de

3620/3

P. D. James

Adam Dalgliesh ist Lyriker von Passion, vor allem aber ist er einer der besten Polizisten von Scotland Yard. Und er ist die Erfindung von **P. D. James.** «Im Reich der Krimis regieren die Damen», schrieb die Sunday Times und spielte auf Agatha Christie und Dorothy L. Sayers an, «ihre Königin aber ist P. D. James.» In Wirklichkeit heißt sie Phyllis White, ist 1920 in Oxford geboren, und hat selbst lange Jahre in der Kriminalabteilung des britischen Innenministeriums gearbeitet.

Ein reizender Job für eine Frau
Kriminalroman
(rororo 15298)
Der Sohn eines berühmten Wissenschaftlers in Cambridge hat sich angeblich umgebracht. Aber die ehrfürchtig bewunderte Idylle der Gelehrsamkeit trügt.

Der schwarze Turm
Kriminalroman
(rororo 15371)
Ein Kommissar entkommt mit knapper Not dem Tod und muß im Pflegeheim schon wieder unnatürliche Todesfälle aufdecken.

Eine Seele von Mörder
Kriminalroman
(rororo 14306)
Als in einer vornehmen Nervenklinik die bestgehaßte Frau ermordet wird, scheint der Fall klar – aber die Lösung stellt alle Prognosen über den Schuldigen auf den Kopf.

rororo Unterhaltung

Tod eines Sachverständigen
Kriminalroman
(rororo 14923)
Wie mit einem Seziermesser untersucht P. D. James die Lebensverhältnisse eines verhaßten Kriminologen und zieht den Leser in ein kunstvolles Netz von Spannung und psychologischer Raffinesse.

Ein unverhofftes Geständnis
Kriminalroman
(rororo 15509)
«P. D. James versteht es, detektivischen Scharfsinn mit der präzisen Analyse eines Milieus zu verbinden.»
Abendzeitung, München

3241/3